Pelle Ingvar Hervius

PÅ VÄG

- en självbiografisk roadtrip

© 2021 Pelle Ingvar Hervius

Illustrationer/teckningar: Pelle Ingvar Hervius

Korrekturläsning: Margaret Aldman, Kerstin Röse, Gunilla Uggla Masoliver

Omslag: Tommy Lyberg (framsida) Jean Paul Pallard (baksida)

Produktion: Ewa Grönwall

Förlag: BoD – Books on Demand, Stockholm, Sverige

Tryck: BoD – Books on Demand, Norderstedt, Tyskland

ISBN: 9789179691837

Innehållsförteckning

PÅ VÄG

I   Oskuldsfull på väg genom Europa 1962 9

II   Till Indien i en Folkabuss med rutiga gardiner 1967.......... 99

III   I Centralafrika på cykel utan broms 2008 219

IV   Genom Europa med Jean Paul och Covid 2020............ 267

V   Eftertanke 283

VI   Framtiden.. 287

PÅ VÄG

I

Oskuldsfull på väg genom Europa
1962

Till Hanna

EN UNG LIFTARE

Året var 1962. Jag var 18 år, lika många år som förflutit sedan andra världskriget härjade på den europeiska kontinenten. Det kändes avlägset men var lika nära i tid som millenniumskiftet är nu. Jag var på väg liftande ut i Europa, ensam med en rutig sportbag. Jag hade varit i England året innan men aldrig rest på Europas fastland där kriget en gång rasade. Jag var oskyldigt ovetande om det som tycktes ligga så långt borta både i tid och rum.

Att lifta på 60-talet ansågs vara ganska ofarligt och mina föräldrar verkade ej vara särskilt bekymrade över saken. Ut i livet på äventyr snarare än att upptäcka världen eller skaffa kunskaper. Mina föräldrar hade varit i Tyskland både före och efter kriget. Far och hans kompis Birger cyklade till Berlinolympiaden 1936. Resor på 50-talet resulterade i beskrivningar om fattiga barn längs vägarna. I städerna fanns ännu då ruiner efter bombningar. Samtidigt noterade de att en väldig aktivitet pågick för att bygga upp och återställa. Det tyska undret hade redan börjat. Jordbruksutställningen "Die Grüne Woche" som mina föräldrar besökte i Berlin visade redan att tyskarna var på väg att som Fågel Fenix höja sig ur askan.

10

I Sverige talade man väldigt lite om kriget och den europeiska katastrofen under min barndom. Sannolikt fanns det personliga och politiska orsaker till det. En del svenskar hade säkert varit mer tyskvänliga under 30-talet och under början av kriget än man ville tillstå. Någon sanningskommission hörde man inte talas om varken nationellt eller i släkt- och vänkretsen. Uttryck som att "du ser ut som en belsenfånge" eller "slug som en jude" var, lösryckta fraser som vi inte visste bakgrunden till eller som vi barn i alla fall inte fick förklaring till. Nu väntade ett Europa med spänning och förhoppningar snarare än krigsskuggor. Oskyldigt ung och nyfiken. Oskuld till kropp och själ. Om jag bar med mig en nationell arvsynd så var jag inte medveten om det: EUROPA HERE I COME!

SKÅNE OCH DANMARK

Jag stod på Riksfyran som samma år bytte namn till Riksväg 15 och senare till E22. Lyckosam första lift med en dansk på väg genom Skåne till Köge i Danmark. Jag hade egentligen inte riktigt bestämt vart jag var på väg men i riktning mot Tyskland, sedan fick jag se! Så varför inte åka med ända till Köge söder om Köpenhamn. Vi körde förbi orter jag väl kände namnet på.

Hurva, norr om Lund var en by med gästgivargård där jag varit med mina föräldrar på väg till teaterbesök i Malmö eller passerat på väg till Danmarksfärjan. Hurva var sömnigt och kusligt. Där hade det för inte så länge sedan förekommit en serie mord där det så småningom framkom att det var den polis som ledde mordutredningen som var den skyldige. Dansken stannade vid gästgivargården och bjöd på något att äta. Jag kan ännu inte ha varit hungrig men det ingick i resplanen att vara glad och nöjd av det som bjöds. Min reskassa kan inte ha varit stor? Kontanter eller resecheckar? Minns ej men det var långt innan plastkort och Swish! Jag hade förmodligen reskassan för 3 veckor i bakfickan på mina pepitarutiga sommarbyxor. Jeans hette fortfarande blåbyxor och var inte riktigt accepterade om man skulle få lift? Vi åkte över Öresund via Limhamn – Dragör där dansken drack en öl och jag drack Citronvand som jag var bekant med och som smakade helt annorlunda än de svenska lemonaderna. Som 18 åring var man ännu inte inriktad på alkohol även om jag fått söndagsvin och snaps vid enstaka tillfällen. I den skånska bondekulturen skulle man dricka grogg och snaps efter konfirmationen.

Öresund, jag minns resor i barndomen på färja på kvällen då man såg ljus från fyrar spegla sig i svart vatten. Ljuskäglor som rörde sig olycksbådande. Så hade båtflyktingarna under kriget sannolikt också upplevt öresundsnatten. Inte inne i en ombonad färja med cigarrökande danskor och feta herrar utan i en öppen båt i kyla och blåst. Tysta och dolda för den nazistiska kustbevakningen. Cirka 7000 judar flydde över Öresund. Hur många som drunknade eller blev återförda vet vi inte men danska judar klarade sig bättre undan koncentrationslägren än de norska. Sannolikt såg någon mellan fingrarna i Köpenhamn och Kong Christian X stärkte modet hos danskarna med passivt motstånd. Han erbjöd sig att bära den gula Davidsstjärnan när det påbjöds att judarna skulle bära en sådan. Han red ut i parken dagligen för att inge undersåtarna mod och hopp. Jag hade hört talas om detta och vad som är sant eller osant vet jag ej. Nu såg jag Öresunds vatten och kunde föreställa mig all dramatik och alla tragedier och stunder av kortvarig lycka som utspelat sig mellan det ockuperade Danmark och det fria Sverige där dock inte alla var positiva till att ta emot judar. Världen var kluven i De och Vi på samma sätt som vi erfar idag 75 år senare.

Varför blev inte Sverige invaderat och ockuperat? Var det tack vare skicklig diplomati eller på grund av eftergifter och falskspel under täcket med Hitler? Sannolikt hade jag ej funnits om tyskarna stövlat in? Far var i artilleriet under stor del av kriget.

Dagen efter sin bröllopsnatt 1940 ryckte han in i fält. Krigsberedskap hette det. Jag tror inte att han ingick i försvaret av Öresund. Hans regemente låg i Jönköping så det var nog troligt att det var försvaret av norska gränsen som var beredskapsuppgiften. På väg ut i Europa kunde jag inte låta bli att skänka min skånska farmor Anna en tanke. Hon var född 1879 och den längsta resa hon företog sig i livet var till Jönköping när min far gjorde sin militärtjänst där. Hon hade besökt Köpenhamn förstås men aldrig Stockholm. Nu korsade jag Öresund, ett fredligt skandinaviskt innanhav, på väg mot ett fredligt Europa. Berlinmuren fanns redan och Tyskland var delat i ett kommunistiskt öst samt i ett väst som ännu var franska, engelska och amerikanska fredszoner.

Dragör söder om Köpenhamn på ön Amager där storflygplatsen Kastrup ligger, blev min landstigningsby i Danmark. Låga gula, rosa och vitkalkade hus med massor av stockrosor och pittoreska gator o torg. Jag blev avsläppt i närheten av Köge. Ännu fanns ej motorväg så det var bara att ställa sig vid vägkanten och vänta på nästa lift som dock dröjde. Det själländska landskapet med bördiga fält med vete och sockerbetor omgivet av lövträdsdungar och häckar var mycket vackert och jag minns ladusvalorna som satt uppradade på telefontrådarna och säkert undrade hur det skulle gå för mig. Hade svalorna vetat att de var ockuperade under kriget eller hade deras flygkonst varit lika fri då som nu?

En plan började ta form bland mina tankar; kunde jag under eftermiddagen hinna till ön Mön söder om Själland? Där, nära staden Stege, bodde familjen Skov på en bondgård. Jag hade varit där med mina föräldrar och morbror Gunnar på 50-talet. Gunnar hade i sin ungdom varit jordbrukselev där och kände familjen väl. Denna danska familj hade varit ett exotiskt inslag i en Danmarkssemester. Hustrun var en engelska som upplevt krigsåren i sitt hemland. Hur hon hamnat i Danmark och på Mön känner jag inte till. Hon pratade danska med engelsk accent och lagade konstig mat minns jag. Dallrande aladåber på ål och överkokta grönsaker samt ilsket röda danska korvar med smetiga makaroner. I familjen Skov fanns då en sommarflicka från Berlin. Hon hette Christa och var full av upptåg och energi både i körsbärsträdet och vad gällde hund – och grisdressyr. Det måste ha varit härligt för en berlinunge som sannolikt var född just efter krigsslutet att komma på grönbete på den danska landsbygden utan ruiner och fattigdom. Hon var en pojkflicka med mörkt stripigt hår och fräknar på näsan. Var finns hon nu? Jag minns inte att vi hade några språk- eller kommunikationssvårigheter. Jag minns bara att jag blev väldigt besviken när jag försökte läsa en Kalle Anka tidning som hette Anders And och var fullkomligt obegriplig!

Jag nådde aldrig fram till ön Mön den kvällen eller dagen efter. Jag hamnade på vandrarhemmet i Vordingborg; en gammal dansk stad med ruiner av en borg. Här fanns försvaret av de södra öarna i Danmark. Flera kungar med namnet Valdemar hade huserat på borgen. Unionsdrottningen Margaretas far Valdemar Atterdag som brandskattade Visby på medeltiden hade velat göra Vordingborg till Danmarks huvudstad. Detta blev ej av och dottern förlade huvudstaden till Köpenhamn och styrde hela Skandinavien därifrån under Kalmarunionen. Vordingborg förblev ändå porten söderut och därifrån utgick den danska flotta som skulle slå Venderna som på den tiden var pirater i Östersjön. Senare blev Venderna i norra Tyskland svenska medborgare och länge titulerades vår kung Svea Göta o Vendes Konung. Vordingborg var också porten mot söder genom byggandet av Storströmsbron som förband Själland med öarna Lolland och Falster. Bron byggdes på 30-talet och ansågs ny i min barndom men är sedan ersatt med en modernare broförbindelse. I Vordingborg finns numera gourmetrestauranten "Babette " som tagit namnet från Karin Blixens härliga roman Babettes Gästabud ! Långt ifrån denna senare danska matkultur var jag när jag på kvällen åt mina medhavda smörgåsar som under dagen förvandlats till något som inte liknade eller smakade som Babettes läckerheter! På vandrarhemmet träffade jag trevliga danska liftare och cyklister som införskaffat ett överlevnadskit av dansk öl. Vi tog sällskap söderut på morgonen mot färjan till Tyskland. Jag tror att vi åkte med en mjölkbil?

Gedser-Grosenbrode hette linjen då långt före senare brobygge på tyska sidan till ön Femarn : De syddanska öarna Falster Lolland och Aerö ligger så nära Tyskland att man under krigets slutskede kunde se ljuset från bombade städer , Lübeck, Kiel, Rostock och Hamburgs eldstormar lyste upp i natten och ljudet av flyg och bombmattor hördes i Skandinaviens södra utposter. Flyktingbåtar från Tyskland till de danska öarna förekom inte. Danmark var ju ockuperat av tyskarna och därför ingen fristad.

TYSKLAND

Jag var på väg till den lilla nordtyska staden Plön där jag hade en vacker vän som hette Bodil. Hon lärde sig tyska i ett språkutbyte och bodde i en tandläkarfamilj någon månad på sommaren. Där tog jag in på eftermiddagen och stannade över natten och behöll min oskuld. Tandläkaren var i den åldern att han utbildats före kriget vid tandläkarhögskolan i Greifswald, en stad som under stormaktstiden varit svensk. På 30-talet var det en populär utbildningsplats även för svenskar. Dessa kom hem med nazisternas idéer och behöll sannolikt denna ideologi både under och efter kriget. Tandläkaren i Plön var en jovialisk man med en tysk stramhet under ytan. Vad hade han gjort under kriget? Hur hade han tänkt före sammanbrottet? Hade han varit medlöpare, aktiv nazist eller motståndsman i det tysta? I min oskuld kunde jag inte låta bli att försöka ta reda på det. Jag ställde dock aldrig frågan om Sveriges och svenskarnas skuld. Inte heller om antisemitismen i Tyskland och övriga Europa då och nu! Han måste ha upplevt mig provokativ och beskäftig men behöll sitt lugn utan att svara på några frågor. Han blev utskickad på något som hade med arbetet att göra och kom inte tillbaka medan jag var kvar. Kanske lika bra det men så många gånger man skulle vilja ha svar. Min tyska var väl inte så lysande efter utbildning i realskolan och gymnasium där det gick ut på att klara proven och ej på att föra politiska diskussioner med språkliga nyanser. På 60-talet kunde tyskarna ej tala engelska till skillnad från idag då jag nästan aldrig behöver använda det tyska språket.

Det är segrarna som skriver historien och för in sitt språk i länder som de har besegrat. Plön var en liten stad som skonats från de allierades bomber. Inga industrier eller viktiga järnvägsförbindelser. Hur många tyska städer hade klarat sig och hur såg det ut med internflyktingar och omflyttningar? Var innevånarna desamma före och efter kriget? Många levde nog i sin egen bubbla utanför dramatiken liksom daggmaskarna och fåglarna?!

På väg mot Hamburg på småvägar som inte var synliga på min karta, blev jag upplockad av en medelålders man i en fin bil, Han verkade trevlig och pratsam och hörde sig för om mig och vart jag var på väg. Varje gång han växlade med spaken mellan oss så nuddade han mitt knä; från början som av misstag men så småningom allt mer tydligt och djärvare. Det kändes främmande och förvånande och han ursäktade sig med skämt och vänliga antydningar. Han blev mer påträngande och det började kännas obehagligt. Jag hade ingen erfarenhet av manligt tafsande och var förbryllad samtidigt som jag började bli orolig eftersom han körde småvägar som ej fanns på mitt kartblad. Han skrattade och var inte alls hotfull snarare tvärtom men i alla fall var det en situation som jag inte var bekväm med. Han föreföll oberörd och tillfreds med samvaron men hans avsikter med en 18- årig oskyldig kille var svårt att avgöra. Jag drog mig undan från växelspaken mot dörren och försökte skämta bort hans beteende. Dock blev han snarast uppmuntrad av detta och tog allt mer otvetydiga grepp. Jag började onekligen bli rädd och när han stannade i en vägkorsning där jag såg en skylt mot Hamburg drog jag ut startnyckeln och hoppade ut och slängde in nyckeln på sätet och sa "Danke"! Kanske var det en helt oskyldig situation och inget farligt på gång men jag kände mig mycket lättad när jag stod på vägen och han startade bilen, vinkade och körde iväg. Av en händelse hade jag haft väskan på golvet mellan mina fötter så det gick smidigt att komma ut. Detta tog jag sedan som vana för att alltid kunna ha en snabb flyktväg. Senare under resan hände flera liknande händelseförlopp dock utan att jag behövde handgripligt stanna bilen. En präst med hatt och fotsid svart prästklädsel var ordentligt djärv och på bettet i norra Frankrike. Han körde en 2CV (Deux Cheveaux), och hans sandalklädda fötter som stack fram under kjolfållen och skötte pedalerna ser jag ännu framför mig.

Så småningom blev jag erbjuden lift av en ganska ung dam i en liten bil. Hon var förmodligen i 30-årsåldern och såg inte ut att behärska bilen helt och hållet. Vi åkte genom ett härligt sommarlandskap och såg Lübecks kyrktorn på avstånd.

Återuppbyggnaden av bl a Maria kirsche var då sannolikt avslutad. Under dess valv har jag suttit många gånger längre fram i livet och lyssnat på konserter på väg mot färjeläget i Travemünde. Också långt senare hade jag en bekant som bott i Lübeck under bombningarna. Många nätter hade hon som barn suttit i mörkret i källaren och lyssnat på bombkrevader och explosioner och väntat på den där direktträffen som skulle bli slutet på kriget för hennes del. Hon överlevde och gifte sig med en svensk sjöman men led krigsneurosens alla kval med svår ångest av fyrverkerismällarna vid nyårsfirande och vid testsirenernas tjut första måndagen i månaden i Sverige. Min chaufför körde mot Hamburg, Jag minns ej om vi var på motorväg men vi kom in i Hamburg via gatstensbelagda gator och spårvagnsspår. Damen jag åkte med frågade om jag hade körkort och i så fall kunde hjälpa henne att köra och hitta rätt i trafiken i staden! Jag avböjde vänligt men bestämt och berättade att jag bara haft körkort i 14 dagar och dessutom endast kunde köra på vänster sida. Jag kände mig åter lättad när jag kom ur hennes bil och såg henne skumpa iväg på de ojämna gatorna. Hur gick det för henne mån tro?

Hamburg var inte helt återuppbyggt efter kriget 18 år tidigare. Tomter med husrester och tegelstenshögar var granne med nykonstruerade byggnader och vägbyggen. Hamburg hade varit den av de tyska industristäderna som blev hårdast åtgången av de allierades flygbombningar i krigets slutskede. Förutom Dresden var Hamburg den stad med flest civila dödsoffer på grund av den eldstorm som tog livet av tusental. En eldstorm är när många bränder når varandra och förenas till ett eldhav där temperaturen blir så hög att allt syre förbrukas och någon sorts vakuum uppstår så att alla invånarna dör av hetta, syrebrist eller krosskador av byggnader som rasar eller av avgrunder som öppnar sig eller av kortslutning av elektricitet eller förgiftning av gas. Hur många människor var evakuerade från staden? Var barnen skickade ut på landet till t.ex. Plön? Vilka var kvar när helvetet bröt lös? Staden försvarades sannolikt av barnsoldater som var Hitlers sista reserver. 1962 hade Marshallhjälpen redan gjort underverk, Tyskarna i kombination med amerikansk finansiering är ett oslagbart team! Det var nödvändigt att bomba bort nazisterna och när sedan amerikanarna hjälpte till att bygga upp blev det dubbel skjuts på den amerikanska ekonomin. 50- och 60-talets hausse i USA och Europa var ett resultat av att produktionen stimulerades av de tyska ruinerna. Och Sverige då? Vi bombade inte och blev inte bombade! Vi var neutrala. Betydde det att vi tyckte lika mycket om Hitler som om

Churchill? Överlät vi åt andra att döda draken? Eller hade vi tagit drakens parti om han hade vunnit? Hjälpte vi till att bygga upp Europa efter kriget eller satt vi bara nöjda och såg till att vår egen ekonomi växte av en exportmarknad som någon annan betalde? Hur oskyldiga var vi? Oskuldsfulla?

Jag fortsatte söderut från Hamburg och hamnade i en motorvägskorsning där man inte får vistas till fots och där man förstås heller inte får lifta. Trots detta lyckades jag ta mig därifrån med hjälp av en engelsman i en skruttig bil. Han var charmigt engelsk till både språk och sätt och konversationen löpte på i känd stil med väder och vind och upplevelser på resor. Han var på väg till Bremen så jag hängde med i den riktningen. Han var klädd i beige alltför stora shorts, knästrumpor och en hatt som påminde om scouternas huvudbonad. Så det var en känsla av "alltid redo" som jag färdades västerut i Nordtyskland. Betongmotorvägarna med skarvar var lika sövande som att åka tåg. Han stannade till innan Bremen och körde fram till en konstgjord badsjö med picknickområde och bryggor. Han tog fram medhavda matvaror och gjorde upp eld i ett spritkök eller stormkök och bjöd på lunch i naturen. Härligt eftersom det var sen eftermiddag och jag inte ätit något sedan frukost hos tandläkaren. Engelsmannen var en snäll och omtänksam människa som nu var på semester på egen hand i det Tyskland han varit i krig med för mindre än 20 år sedan. Han var nu i 40-50-årsåldern och hade sannolikt varit aktiv soldat som överlevt slaget om Europa. Jag vågade inte fråga om hans förflutna men vem vet, kanske hade han varit flygare och släppt bomber över städer och industrier eller tillhört De Allierades invasionsarmé som tagit sig från Atlantkusten mot Berlin? Jag blev avsläppt väster om Bremen och fortsatte med bilar jag inte minns mot den nederländska gränsen.

NEDERLÄNDERNA

1962 hade vi fortfarande gränskontroller och stämplar i passet. En gång var gränsen vid Hengelo, där jag passerade, linjen mellan Nazisttyskland och det ockuperade Nederländerna. Det var här de allierade nådde fram till det tyska kärnlandet efter det blodiga slaget om Arnhem från september 1944 till vintern 1945. Det var Tysklands sista seger. Jag var på väg mot Arnhem med den viktiga bron över Rhen. Den skulle säkras av luftlandsatta soldater ur Montgomerys arme. De blev omringade av tyska trupper och 80 % blev dödade innan man gav upp. Tyska förstärkningar kunde försvara Arnhem och hejda invasionsstyrkan i 7 månader med stora förluster för Montgomery och ett enormt lidande för stadens befolkning. Att slaget om Tyskland blev försenat vid Rhen hade sannolikt stor betydelse för efterkrigstidens historia. Hade amerikaner och engelsmän nått fram till Berlin före ryssarna så hade kanske det delade Tyskland sett annorlunda ut och Berlinmuren aldrig byggts? Det meningslösa dödandet i stor skala i krigets slutskede borde prägla staden ännu en sensommardag 1962 när jag nådde fram före mörkrets inbrott.

Jag tog in på ett resanderum i en prydlig villa hos ett äldre par. Trädgården var mycket välskött med häckar och gräsmattor som verkade vara ansade med nagelsax. Inomhus var det tunga dystra möbler i kolonialstil med klädsel i lilabruna färger och tunga gardiner för fönstren. En spännande dag avslutades med någon slags te och skorpor som serverades framför en liten flimrande svartvit TV där det visades frågesport på holländska!

Nederländerna; vad visste en ung svensk om det? Namnet säger att det var landet vid nedre delen av de stora floderna. Det hade varit en del av Spanien och senare en stor handelsnation med förbindelser österut genom Östasiatiska Kompaniet och i mindre utsträckning västerut. Nationen hade tillskansat sig kolonier i Sydafrika, Indien och Indonesien och i Sydamerika där delar av Guayana länge förblev holländskt. På grund av denna historia präglas befolkningen av mångfald med inslag främst från Indonesien. Det man som ung sportintresserad främst kände till var alla duktiga skridskoåkare som hade tränat på landets många isbelagda kanaler. Det var Holland, Sverige och Norge som dominerade hastighetsåkning på skridskor vilket var en stor sport på 50 och 60-talet. Från bilfönstret såg jag ett tättbefolkat land där byar och städer gick in i varandra och där kanaler dels var dräneringssystem av låglandet dels var transportleder. Det var ett platt land som ofta översvämmades. Katastrofer på 50-talet hade fastnat i mitt minne. Vi skickade pengar som en del av Europahjälpen till offren i Holland som nu verkligen inte såg fattigt ut. Mycket likt Danmark. Platt med möjligen lite skog och kullar i öster.

På låglandet for jag omkring i en halv dag med en liten lastbil som levererade plåt till hus och gårdar. Det var inte soptunnor utan snarare regnvattenstunnor eller något liknande. Jag hade blivit upplockad av den lilla lastbilen söder om Arnhem och när den unga killen senare frågade om jag hade lust att hjälpa honom några timmar så slog jag till. Det var ju ett sätt att få se landsbygden och småvägarna.

31

Jag visste ju egentligen inte vart jag var på väg så varför inte? Vi hade riktigt trevligt och klämde en och annan öl under dagen och gjorde paus vid någon billig bykrog där det serverades gulaschliknande soppa. Möjligen drack chauffören Genever men inte jag. Jag tror att vi pratade någon blandning av engelska och tyska och kroppsspråk. Han var sannolikt egenföretagare i regnvattenstunnor. Jag lämnade honom på eftermiddagen och fortsatte söderut och passerade städer med historiska namn såsom Utrecht eller svenskt som Enschede eller tungvrickande som s'Hertogenbosch etc. Jag var på väg mot Belgien. På en marknad i en liten stad under förmiddagen hade jag köpt holländska träskor, stora tunga trävita med bakstycke. De tog upp halva min bag och där stannade de under många dagar och nätter framöver! Fullständigt helknasigt förstås men jag var lycklig över mina skodon! Jag hamnade i staden Tilburgs utkanter. Här fanns många enormt stora villor i afrikansk stil med höga branta halmtak och omgivande parkliknande trädgårdar. Stora limousiner stod i rader vid uppfarten och man kunde ana en kolonial härskarstil i kvarteren. Här fanns sannolikt rikedomar från holländska kolonier eller belgiska från Kongo. Hemtagna rikedomar från plundrade fattiga länder där ädla metaller, gummiproduktion och mänskligt lidande och korruption stod för inkomsterna. Förmodligen var det inte bara vita miljonärer som bodde här utan sannolikt också afrikaner i maktposition i hemlandet. De hade placerat pengar i säkrare investeringar än afrikanska tillgångar som lätt kunde falla i värde vid lokala krig och militärkupper. Många afrikanska, indonesiska och sydamerikanska ledare har reträttegendomar i Europa och några av dessa tycks vara belägna i södra Neder-länderna och norra Belgien.

BELGIEN

Strax utanför Tilburg fick jag lift med en liten skåpvagn på väg till Zoo i Bryssel och med dem passerade jag den belgiska gränsen. I bilen fanns förutom jag själv, en säl, en apa och en stor hönsfågel. Det luktade inte gott men var på något vis en härlig blandning av varelser på väg. Min franska ville inte riktigt komma igång, trots 3 års lektioner på Högre Allmänna Läroverket, så sälen och jag var ungefär på samma nivå medan chauffören, apan och kalkonen var mera språksamma. Djurskötaren stannade ett par gånger för att hälla vatten på sälen som då av välbefinnande skakade på sig som en våt hund. Man kan undra hur djurens historia och CV såg ut. Hade de någonsin befunnit sig i frihet där de hörde hemma. Jag kände mig hemmastadd och i mitt rätta element! Fri och på väg i Europa!

Bryssel, numera EU huvudstad och garant för fred i Europa, var på 60-talet en sömnig storstad med minnen från kriget och ockupationen bara 17- 18 år tidigare. Numera en storstad med internationell prägel och med förstäder där celler av extrem islamism har haft grogrund. Historiens ytterligheter: Waterloo där Napoleon besegrades inte långt iväg och numera en exilort för katalanska separatister, EU högkvarteret med smattrande nationsflaggor samt en gammal befästning norrut där tyskarna inrättade koncentrationsläger under kriget. Denna historiens skräckborg har numera blivit nationellt minnesmärke för Andra Världskriget i Belgien.

Koncentrationsläger är inte en nazistisk uppfinning. Inte heller uteslutande tyskt vilket vi lätt tror efter alla hemska skildringar. Spanska koncentrationsläger fanns på Kuba under frihetskriget på 1890-talet. Det fanns också brittiska läger under Boerkriget samt amerikanska och kanadensiska för att inhysa japaner under andra världskriget. Det som dock symboliserar ondskan i vår tid är de sovjetiska och främst de nazistiska lägren. Långt senare i livet skulle jag bli granne med ett franskt koncentrationsläger nära Rivesaltes norr om Pyrenéerna. Samma hemska vardagshistoria där med tortyr, umbäranden, sjukdom och godtyckligt omänskligt våld varhelst än lägren varit geografiskt placerade. Det är den onda människan som varit den gemen-samma nämnaren. Vad visste svensken om detta? Vad visste en svensk 18 åring om vår kontinents historia? Ingenting! Ovetande eller ointresserad men inte oskyldig. Kan vi betala vår skuld nu i EU? Kan vi hjälpa till att förhindra att historien upprepar sig genom att vi tillsammans bekämpar vår tids politiska och religiösa extremism? Kan vi gemensamt i tid med samarbete och demokrati motarbeta de krafter som vill skilja på Vi och De?

Jag var på väg in i Bryssel med mina Zoo-resenärer och där de skulle stiga av steg jag också av och tog mig med lokalbuss in till Grand Place (Stora Torget) som var det enda jag hört talas om i den belgiska huvudstaden. Fantastiskt med gamla handelshus och maktens boningar från den tid då Flandern, Nederländerna och Vallonien var en stormakt. Det är ett torg som alltid varit levande och så även på 60-talet med torgkommers, turister och restauranter och ölstugor. Här åt jag mitt livs första och godaste "Moule mariniere" d.v.s fiskarhustruns musslor som i Belgien äts med pommes frites och öl. Kokta i havsvatten, persilja och lök smakade det gudomligt! På kvällen drog jag omkring på små barer och ölsjapp. Jag samlade på ölglasunderlägg i papp med reklam för olika ölsorter. Jag hade redan fått ihop en hel del som nu fyllde mina holländska träskor som tog oproportionerligt stor plats i min bag. Under flera resor samlade jag ölglasunderlägg och satte så småningom upp dessa i ett nästan heltäckande mönster på väggarna i mitt pojkrum.

Sedermera fyllde de en hel liten resväska som blev julklapp drygt 50 år senare till mitt barnbarn Nils som använder dem som memoryspel.

Jag hittade inget ungdomshärbärge i centrala Bryssel så var skulle jag sova? Hotell var det inte tal om med min sannolikt skrala reskassa. Jag vecklade så småningom ut min omoderna gröna vaddsovsäck på en parkbänk nära en lykta. Det var nog inte en stor park utan snarare en utvidgad gatukorsning med träd och häckar. Farligt kanske men jag kände mig trygg och bekväm med situationen som något påminde om mina övernattningar ensam i Barcelona 55 år senare då jag sov i parkeringsgarage och kände mig fortfarande trygg. Bagen hade jag som huvudkudde och kläderna behöll jag på. Det blev bad vid havet nästkommande dag. Någon stannade till och tittade på mig under natten på bänken men ingen ofredade mig eller körde bort mig. Världen var mindre farlig 1962 än nu. Ungdomar på liftarresor var inget ovanligt och droger och kriminalitet var inte lika utbrett. Varför var det så? Hade man lidit nog och överlevt och därför fått andra värderingar och normer än Europa av idag? Stärkt av nattens sömn begav jag mig ut ur stan och liftade vidare västerut mot Engelska Kanalen. Nu var jag inne i Flandern där man inte talar franska utan flamländska som är nära besläktat med holländskan. Ostende var en härlig turiststad med långa sandstränder och färja till England. Jag var där en lat sommardag när badlivet blomstrade. I väntan på kvällsfärjan till

Dover hade jag många timmar på mig att njuta av dagen och solen och havet.

Några mil söderut på andra sidan franska gränsen ligger Dunkerque och ytterligare några mil därifrån ligger Dieppe och sedan mot väster Normandies stränder. Återigen påminns man om kriget för mindre än 20 år sedan. 1940, 1942 och 1944 skrevs här världshistoria. När den tyska krigsmaskinen drog fram genom Holland, Belgien och norra Frankrike drev man de allierades arme framför sig ända tills de nådda Engelska Kanalens strand vid Dunkerque. Här var de slagnas skaror vid vägs ände och fullständigt utlämnade till tyskarna. De besköts med artilleri och pansar och flyganfall. Ett hjältedåd räddade stora delar av arméerna på stranden. Det var tusentals småbåtar från den engelska kusten som tog sig över vattnet, med stor fara för eget liv och båt, för att rädda dessa unga män som samlats på stranden i väntan på det slutliga nederlaget. Om detta har senare skrivits i historieböcker och i hjälteromaner och har visats på film ända fram till nutid. Det som var kvar av de allierades styrkor som kunde räddas över kanalen blev stommen till den invasionsarmé som fyra år senare skulle ta sig i motsatta riktningen till Normandies stränder många mil längre västerut vid atlantkusten. Det var Dagen D den sjätte juni 1944, några veckor efter min födelse i ett fredligt land långt upp i norr med en befolkning som var skonad och oskuldsfull.

Jag njöt av solen på stranden på ett sätt som bara svenskar kan njuta när man vet att sommaren är kort och skolstarten inte långt borta. Då tänkte jag inte på den katastrof som inträffat där borta bakom sanddynerna mot sydväst. Mitt emellan Dunkerque och Normandie ligger en liten stad som heter Dieppe. Här utspelade sig en tragedi i augusti 1942. För att tillmötesgå Stalins krav på att de allierade skulle öppna en västfront för att lätta på trycket på Östfronten, skickade man en hel division med 5000 kanadensare över Engelska Kanalen för att erövra en fransk stad och sedan kanske därifrån börja invasionen av det tyskockuperade Europa. Företaget ansågs redan då vara dömt att misslyckas och i historiens backspegel får vi erkänna att man offrade nästan fem tusen unga soldaters liv i ett självmordsscenario som Churchill och Mountbatten stod bakom. Inte mycket har pratats om detta. Det passade inte in i de allierades hjälteberättelser men väl i Goebbels krigspropaganda. Sannolikt visste vi väldigt lite om denna tragedi. Minst av allt visste jag exakt 20 år senare. Med saltvatten på min kropp och solen glittrande i vattnet mot söder kunde jag just då inte tacka alla de som offrade sina liv för mig och inte heller kunde jag just då tacka alla amerikaner, engelsmän, kanadensare och fransmän som senare skulle dö på stränderna i Normandie. De kom från länder och regimer som stod upp för försvaret av Europa och den västerländska demokratin och liberala värderingar.

Förmodligen hade jag inte funnits om vi hjälpt till!?

ENGLAND

Jag nådde Dover på kvällen och tog in på ett Youth Hostel som var beläget i någon sorts gammal borg eller fortanläggning. Många unga liftare, cyklister och fordonsburna ungdomar fanns här. Jag kunde nu stilla lite av min relativa ensamhet och dricka mycket öl ihop med likasinnade sommaräventyrare. Vi satt på kvällen kring någon sorts lägereld eller grill och åt och drack och berättade. Härligt! Det var nog mest fransmän och engelsmän men också en och annan tysk och skandinav. Det Förenade Europa satt här i mycket fredlig samvaro. Mat och dryck köpte man billigt i receptionen. Jag blev mest bjuden av mer försigkomna och något äldre nyfunna vänner som fram för allt försåg mig med öl och vintagecider som var mycket gott. Men förrädiskt starkt. Tungan lossnade på alla språk och natten blev sen. Innan dess blev jag skickligt förförd av en någorlunda söt tjej i 25-årsåldern. Hon var tänd på lammkött och hade mycket mera erfarenhet än jag. Vi var nog ganska nöjda båda två av ungdomens vår och sommarnattens spontanitet. Jag såg henne aldrig mer och var nöjd med det. Min syster hade varit i Dovertrakten ett par år tidigare och då haft en beundrare som försökte simma efter färjan när hon åkte hem. Så gjorde inte jag! Istället vände jag kosan mot väster.

Ut på småvägarna i södra England. Jag ville undvika stora städer så London funderade jag aldrig på, Jag hade ju haft vissa besvär med boendet i Bryssel och senare skulle jag hamna i Paris så engelska landsbygden fick se mig susa förbi i vitt skilda fordon, allt från Morris, Anglia "ståplats för fyra" och limousin. Den senare framfördes av en äldre gentleman som var ute och körde med sin hund som låg på en broderad kudde i framsätet. Både hunden och jag njöt av den fint spinnande bilen och eftersom hunden och chauffören inte hade något bestämt resmål så kunde vi åka i den riktning som passade mig. Förmodligen gillade gentlemannen unga oskyldiga killar men det var inget som störde mig eller som jag förstod. Han var kanske en av de där överklassgossarna som vuxit upp på internat med mobbing och sexuella trakasserier? Det hade format honom till den han blev, kanske i kombination med jobb i något ministerium under kriget eller vem vet; han hade kanske varit en djärv RAF pilot som försvarat sitt land och som nu njöt av frukterna av hjältemod, tur och skicklighet. Så många berättelser och personskildringar som förblir ofullständiga.

Så småningom tackade jag för mig och blev stående i utkanten av en vacker engelsk by med korsvirke och halmtak. Här levdes livet sannolikt lika engelskt som i Agatha Christies och Morden

i Midsomers värld. Nästan skrattretande charmigt och genuint. Det stod ett litet bord utanför en stuga med äpplen i en korg för alla och envar som passerade. Jag försåg mig rikligt och njöt sittande i gräset vid vägkanten. Jag kände mig som en del av en pastisch. Detta England hotades nog aldrig av kriget och finns kvar än i dag. Däremot har säkert alla byborna en historia och ett levnadsöde förknippat med kriget, att berätta.

1985 dog en engelsk, f.d. spion vid namn Rickman i Tunnbridge Wells i västra delen av Kent. Han hade varit spion i Sverige under kriget och var då förlovad och senare gift med en svenska. De skulle spränga hamnen i Oxelösund för att hindra den svenska malmexporten till Tyskland. Han greps i Stockholm 1940 med massor av sprängämnen från Brittiska ambassaden. Han dömdes och satt i svenskt fängelse fram till 1944 då han benådades och utvisades till England och bosatte sig i Tunn-bridge Wells. Dit var jag på väg i augusti 1962. Sannolikt bodde spionen Rickman där då men där bodde också min kompis Jan Åke. Han var under en månad inackorderad hos en familj för att lära sig engelska under sommaren. Vi visste inget om engelska bombplaner i Oxelösund för mer än 20 år sedan men vi lärde oss mycket om engelskt öl under en vidlyftig pubrunda på kvällen! Hu så vi drack och pissade ogenerat som engelsmännen i gränden! Den engelska pubkulturen var en härlig nyhet för svenska tonåringar på 60-talet. Hemma i Sverige var det fortfarande Stadshotell med vita dukar och mattvång för att få en öl som gällde. Det var inget alternativ för svenska ungdomar. Inte heller de s.k. "ölhallarna" som var enkla inrättningar med dåligt rykte och långt från de engelska pubarnas intimitet och sociala funktion. I läroverksstadgan för Kristianstads Högre Allmänna Läroverk stod inskrivet att elev ej fick besöka ölhallen vid Lilla Torg!

Tunnbridge Wells, på gränsen mellan Kent och Sussex var under kriget geografiskt välbeläget för flygfält och baser för utbildning av de piloter som räddade England under det som kom att kallas Slaget om Storbritannien. Flygavståndet över Engelska kanalen var kort men samtidigt farligt med tanke på de tyska bombplanen som försökte slå ut det engelska flygvapnet RAF. Om tyskarna hade koncentrerat sig på att slå ut flygbaserna istället för att attackera London så hade nog krigsförloppet sett annorlunda ut. Flygarna gick till historien efter sina insatser i jaktflyget men hjältarna var inte så få som Churchill sa i ett av sina berömda tal: Hjältarna var också markpersonal, utbildningsinstruktörer samt arbetare i flyg-industri som utsattes för tyska bombräder. Många tusen dödades eller skadades.

Allt detta utspelades i det landskap som omgav mig på väg västerut från Kent.

En kylig morgon stod jag vid vägkanten och rökte, vilket inte var min vana för att få lift. Emellertid stannade en bil med en ung man som var mycket vänlig och inte tog illa upp när jag råkade nudda filttaket i bilen med min cigarett. Ingen större skada skedd men incidensen blev upphovet till en mångårig vänskap med fransmannen Michel Noinville som var den morgonpigge bilföraren. Denna Michel från Paris hade varit på besök hos en äldre dam, Doris, hos vilken han bott en sommar för att träna sin engelska. Hon måste ha varit en pärla för han pratade språket utan någon fransk accent. Han hade också läst konsthistoria i Oxford men hade en juridisk/ekonomisk examen från Frankrike. Han berättade långt senare att just mitt blyga och urskuldande beteende i samband med cigaretten gjorde att han i mig såg en juste kille! Jag åkte med honom några mil och jag fick hans adress i Paris och var välkommen att hälsa på om jag hamnade där. Och det gjorde jag!

Södra England är fyllt av härliga små städer och byar. Jag hamnade så småningom i Lyme Regis i Dorset. Samhället ligger på det kustparti som kallas Jurassic Coast. Det har ingenting att göra med filmen om skräckdinosaurier. Snarare tvärtom. Här spelades senare in en mycket romantisk film med bl a Meryl Streep, Den Franska Löjtnantens Kvinna. Hon stod längst ut på piren i kaskaderna från Engelska kanalens vågor och tvekade mellan livet och döden. Stränderna i Lyme Regis är täckta av massor av små stenar som består av fossiler från Jura tiden. I stora stenar kan man finna förstenade urtidsdjur stora som en bilratt. Kustlinjen ovanför stränderna och klipporna är branta leriga stup som hela tiden äts upp av havet och störtar ner i vågorna vid högvatten. Då friläggs nya fossiler och förmodligen också rester från dinosaurierna; kotor och kanske delar av ägg och klor. Längs kusten är det många meters skillnad mellan ebb och flod och ser man inte till att ha koll på tidvattensschemat så kan man bli fast i vågorna nedanför branterna som inte går att klättra upp för. Jag gick en bit av den vidunderligt vackra Dorset Coastpath med omväxlande tät djungel liknande vegetation och öppna blomsterängar med havet brant nedanför. En av engels-männen jag liftade med hade givit mig tips om att se Lyme Regis med omgivningar och jag är tacksam för det och har genom åren återvänt dit flera gånger. Den hypokondriske resenären på senare tid har kanske varit rädd för Lyme's sjukdom som är en borreliainfektion orsakad av fästingar.

Lugn, det är inte här utan namnet kommer från staden Lyme i USA. För den litterärt bevandrade kan man i omgivningarna försjunka i systrarna Bronte´s landskap och miljöer.

Om detta visste jag inget 1962 och inte heller om krigshistorien med tusentals soldater och båtar som här i hamnarna väntade på startskottet till att påbörja överfarten till Normandie 6 juni 1944. Det skulle bli Dagen D och början till slutet för Nazityskland. Hur mådde alla dessa engelsmän, amerikanare, kanadensare och fransmän i sina guppande fartyg längs kusten? De visste inte vad som väntade och oräkneliga är de tusentals vita kors som står i rader på den franska sidan av kanalen. En av de bästa filmerna om detta från senare tid är "Menige Ryan", men den klassiska skildringen finns i filmen "Den Längsta Dagen". Den förra handlar om en brödraskara där all dog utom Ryan som man försökte rädda med hänsyn till familjen. Många fick betala ett väldigt högt pris för att rädda Europa. Andra nationer tittade på medan unga kroppar slets itu av granateld, kulsprutor och minor på Frankrikes stränder. Medan jag skriver detta sitter 3 unga tysktalande flickor vid bordet intill på en trottoarservering i Barcelona och pladdrar om Europa och om förbipasserande bildsköna marockaner. Vi är ett Europa nu med utblickar även över grannbyn. Må det hålla!

Jag liftade vidare västerut från Dorset till Devon. Jag var på väg till staden Exeter i vars närhet jag bott under en månad föregående sommar. Kanske kunde jag ta in där, på gården Pitt Farm, några dagar om det nu inte var fullt av ungdomar från Europa? Exeter är en stad med en stor och mycket vacker katedral. Där kan man studera byggnadstekniken och föreställa sig hur man satte på plats den sista kilformade stenen högst upp i valvet. Den bar upp hela konstruktionen. Slutstenen har sedan suttit där i nästan tusen år. De tyska bombningarna av Stor-Britannien lyckades inte förstöra de stora ovärderliga byggnads-verken eller de kulturella minnesmärken som man idag ännu kan beskåda. Tyskarna skräckbombade människorna medan de allierade senare bombade Tyskland utan hänsyn till skönhet och kulturarv. Därför såg tyska städer ut som apokalypsens ruiner när kriget tog slut medan katedralerna och stadskärnorna var ganska intakta i England. Jag vandrade in i domen med min rutiga väska och gröna vaddsovsäck och slog mig ner till stilla orgelmusik. Fantastiskt!

PITT FARM

Efter att ha beundrat katedralen gick jag till en pub och tog en öl och en trekantig sandwich. Redan då stötte jag ihop med ett par killar som var mycket intresserade av min resa och mina upplevelser. De skulle bege sig iväg med bil mot Spanien om några dagar. Då visste jag inte att jag skulle resa med dem! Under eftermiddagen tog jag mig gående och liftande upp för kullarna några km mot nordväst mot byn Whitestone. Därifrån var det inte långt till Pitt Farm. Jag närmade mig försiktigt på småvägar omgivna av täta höga häckar som prunkade av buskar och järnek och vackra blommor såsom Fingerborgsblomma (Digitalis), Cikoria och kaprifol. Bakom häckarna kunde man skönja det bedövande vackra landskapet med branta kullar, betande kor och utsikt mot havet i söder. En och annan liten engelsk bil passerade och jag fick lift en bit men mest njöt jag av att vandra uppför och insupa dofterna från sommarlandskapet. Jag öppnade grinden till Pitt Farm och tog mig in i trädgården som var en blandning av vildvuxna sommarblommor och stora buskage av rosmarin. Även några vinstockar bredde ut sig och där bakom stod huset i 2 våningar med brutet halmtak. Liksom förra sommaren var ytterdörren borttagen och istället hängde där ett skynke som sannolikt hade varit blommigt.

Jag blev väldigt väl mottagen av mor i huset med grått hår i stram knut. Maken George var ute på fälten och ungdomarna i gården syntes inte till. De hette Elisabeth, som bodde någon annanstans, John och Richard samt minstingen Bessie i 12-årsåldern. Hon skulle senare besöka mitt föräldrahem i Skåne. Det var ingen tvekan om att jag kunde få bo på gården några dagar, sannolikt gratis. Man hade många sommarstuderande som jag skulle lära känna bl. a. Lennart från Bandhagen som jag senare umgicks en del med i Sverige. Han blev veterinär. Där fanns också rikemanssonen Alberto från Milano samt Pedro från Lugo i Spanien, sannolikt numera apotekare i familjens företag. En tysk kille fanns också där några dagar och honom delade jag rum med i annexet, också det med halmtak.

Syskonskaran, de europeiska ungdomarna och jag var en härlig blandning när vi samlades för öl, cider eller "a nice cup of tea". Sydeuropéerna var inte så bevandrade i engelska språket men vi lyckades göra oss förstådda utan problem vad jag kan minnas. Ibland blev vi serverade något att dricka i glas som inte riktigt passade in i stilen bland blommiga engelska tekoppar eller kantstötta muggar. Det visade sig vara svensk eller venetiansk kristall som sommarungdomar haft med sig hemifrån som present till familjen som sannolikt ej förstått värdet av gåvan?

Senare har jag fått höra att om man skall köpa värdefulla svenska Kosta- och Orreforsglas till bra pris så skall man gå på engelska landsbygdsauktioner.

Jag stannade på Pitt Farm några dagar. Tog mig ibland ner till staden och igen råkade jag stöta ihop med de ungdomar som jag mött på en pub några dagar tidigare. Nu fanns också ett par tjejer med varav den ena, Susan tror jag att hon hette, fattade tycke för mig. Hon påstod att jag hade snygga vader samt att jag fyllde ut shortsen väl. Efter några pints så kom vi riktigt bra överens. Vi gjorde upp om att ses senare i veckan. Deras planer för Ford Transitbusstur till Spanien var nära förestående. De hade plats för mig om jag ville följa med!

Under föregående sommar hade jag besökt städerna Paignton och Torquay vid kusten söderut i riktning mot Plymouth. Det gjorde jag även nu. Kusten mot sydost är skyddad från kalla havsvindar och ligger i lä för kyla och regn och tar till sig värmen från vattnet.

Här växer det palmer och exotiska blommor och buskar. Torquay ser närmast kolonialt ut med mycket nästan tropisk grönska kring tennisbanor och cricketplaner och småskalig hotell- och villabebyggelse. Jag ville gärna återse dessa sommarstäder och tog därför tåget tur och retur från Exeter en solig dag. Den engelska järnvägen med dess personvagnar var som att träda in i Agatha Christies värld. Varje kupé hade en egen dörr direkt ut mot landskapet eller perrongen utan kontakt med nästa kupé. Därför kan man bli mördad där utan andra vittnen än resenärer på mötande tåg.

Jag susade förbi Exmouth där floden Exe rinner ut i Engelska kanalen. Här ser man badstränder med färgglada parasoller och solstolar samt en uppsjö av "fish and chips-försäljare" och blekröda engelsmän och överviktiga damer. Stränderna och träskmarkerna som översvämmas vid högvatten är omgivna av röda dramatiska branter och stup. Jag tillbringade dagen vid havet och fick sol på min näsa och min kropp. Solskyddsfaktor var för mig okänt på 60-talet. En platt burk Nivea hade räckt många somrar under solbadande i Åhus i Skåne. Engelsmännen med sin vita hud och sitt röda hår verkar här vara utmärkta måltavlor för solens elakaste strålar. Jag njöt av den härliga dagen även om en simtur i viken i Torquay avbröts när jag var nära att simma på en avföringskorv av mänskligt ursprung. Den simmade liksom jag på de glittrande vågorna. På 60-talet var sannolikt ej reningsverk och badvattenkontroller utbyggda varken i Sverige eller i Europa i övrigt. Bristen på offentliga toaletter vid badstränderna resulterade i att de badande lättade på trycket en bit ut i viken precis som de stora kryssningsfartygen gör i vår tid. I parkerna solbadade unga förälskade par på gräsmattorna totalt ogenerade av offentlig sex. Annat var det här på Drottning Viktorias tid! Man rökte också överallt, på stränder, i vattnet samt på instängda pubar men också på biografer. Det var på den tiden det också var accepterat att röka på flyg samt i bilar med små barn. Mycket har gått framåt på senare år! Själv var jag en ganska försiktig rökare. Jag hade ännu inte avancerat till franska cigaretter dit steget var lågt från min barndoms första bloss på landet. Då stoppade man ett skosnöre i ett halmstrå och tände på! Knark hade jag ingen erfarenhet av, varken då eller senare i livet. På 60 talet i England förekom sannolikt cannabis och andra droger av olika sorter. Detta var jag alldeles för oskulds-full för att överhuvudtaget ha en aning om.

Bortom Torquay ligger Plymouth. Detta är en storstad med en av Englands största naturliga hamnar. Här finns en flottbas och krigsindustri. Stora delar av staden blev sönderbombad under

"Blitzen"1940 då tyskarna försökte slå ut försvarsförmågan i Storbritannien inför en planerad invasion. Flottbasen och staden blev hårt åtgångna av bomberna men blev ändå så småningom en av de viktigaste hamnarna för den allierade flottan som skulle invadera det europeiska fastlandet 1944. Om detta visste vi inget men att resa är att lära och förstå. Jag återvände till Pitt Farm och träffade mina europeiska vänner och mina nyförvärvade engelska kompisar som jag skulle åka med mot Spanien.

FORD TRANSIT

Vi startade tidigt på morgonen. Vi var nog 7-8 stycken och jag minns ej att jag hade någon sittplats utan satt eller låg på golvet i bilen i nära anslutning till Susan som höll mig sysselsatt. Jag kunde inte delta i själva bilkörandet. Jag behärskade vänster-trafik men ratten satt på fel sida och när vi kom till Frankrike så var det högertrafik och det vågade jag mig inte på och ratten satt ju ännu mera på fel sida! Susan och jag och några av de andra drack öl och sov och umgicks i bilen medan vi susade fram genom den engelska landsbygden. Aldrig har så många sett så lite av den körsträckan. Under slutet av 50-talet var England fortfarande det gamla England med en del väluppfostrade uppror.

Först några år senare började den engelska ungdomsrevolten i mode och musik. Twiggy och The Beatles och mycket annat. Då hade skandalerna kring Princesse Margret för länge sedan klingat av och The Queens England var på väg mot modernare tider. Jag förstod förstås inte vad som var på gång utan njöt av stunden.

Hur såg världen ut omkring mig 1962? Berlinkrisen hade resulterat i att Sovjet och Östtyskland stängde in sin befolkning genom att bygga Berlinmuren. Kubakrisen var under uppsegling; Sovjet ville placera ut atombomber på Kuba och det resulterade i att USA hotade med kärnvapenkrig. Så nära en sådan katastrof har vi nog inte varit varken förr eller senare. I Europa hade General De Gaulle återvänt till makten i Frankrike och avslutat Algerietkriget som pågått i 8 år. I Västtyskland höll man på med Det Tyska Undret och byggde upp städer och industrier. På stora affischer kunde man läsa: "3 geteilt Niemals" d.v.s. inte ett tredelat Tyskland bestående av Västtyskland, Östtyskland och Östpreussen som nu tillhörde Polen och Sovjet. I Afrika pågick kolonialkrigen och ett flertal länder blev fria vilket resulterade i ytterligare inbördeskrig som i Kongo. I Sydafrika hade apartheidregimen ett fast grepp om utvecklingen. I Asien slickade Japan sina sår och byggde upp sin industri och blev världsledande på tekniska prylar och i Kina hade Mao Tse Tung skickat ut de intellektuella på landsbygden för kroppsarbete samtidigt som han avrättade fiender till kommunismen och skrev Mao´s lilla Röda. I Vietnam hade ännu inte amerikanarna gått in med marktrupper för att bekämpa Ho Chi Min´s befrielsekrig. Fransmännen var slagna och hade lämnat Franska Indokina och nu stod kampen mellan USA och Kina om herraväldet. Det var många konflikter som kunde gjort vår värld bättre eller sämre.

FRANKRIKE

Vi tog oss över Engelska Kanalen via Dover-Calais och upphetsningen bland mina engelska vänner steg. De flesta hade inte varit utanför Brittiska öarna förut: Europa "here we come"!! Förutom krigen har utbytet mellan Frankrike och England inte varit så stort genom århundraden. Båda nationernas innevånare är nästan helt oförmögna att tala varandras språk och de kulturella skillnaderna är påfallande stora. Fördomar och skämt är inget nytt. Fransmännen kallas Frogs för att de äter grodlår – det är riktigt gott och smakar kyckling! Det förekom en kampanj mot grodlårsätandet i Frankrike vid denna tid; en groda utan ben sittande i rullstol. Också långt senare hörde jag engelsmän säga "att Frankrike vore fantastiskt om inte fransmännen var där!".

Fördomarna mot engelsmännen är mera rakt på sak och fransmännen förstår inte engelsk humor och understatements och tar alldeles för mycket på allvar. Churchill och De Gaulle förstod aldrig varandra, allra minst under Andra Världskriget då generalen huserade i London och sa "Frankrike det är jag". Ägg och bacon till frukost är inget man förstår och inte heller engelska skandaler. Det de handlar om anses normalt i Frankrike, allt från älskarinnor till korruption. Fransmännen tycker förstås att engelskorna är för feta och smaklöst klädda!

Vi körde genom norra Frankrike på kvällen. Åt medhavd matsäck och drack ytterligare öl. Utanför bilfönstret hade vi franska Flandern; en stridsskådeplats i sekler. Värst var det under Första Världskriget med skyttegravar, gyttja, bombardemang, lidande och död. Man kan nynna "Den vackraste visan om kärleken kom aldrig på pränt, den begrovs i en massgrav i Flandern med en fattig parisstudent ....". I varje fransk by finns ett minnesmärke över alla unga män som dog i skyttegravarna mellan 1914 och 1919. På vår färd genom byarna kunde vi se franska flaggor som draperade monumenten. 1962 var långt från det kriget men vad är 45 år i våra dagar? Inte längre än till

Vietnamkriget som ju utkämpades alldeles nyss. Däremot hade det bara gått 20 år sedan Andra Världskriget då tyskarna drev fransmännen framför sig över Flanderns bördiga slätter. Vi passerade Reims fram emot natten och katedralen blev aldrig besökt. Inte heller vinodlingarna i Champagnedistriktet. Vi höll oss till öl och kanske en och annan liten flaska "Babycham" som var ett sött engelskt mousserande vin i miniflaskor med ett rådjurskid på etiketten. Härligt ljummet då i augustihettan men säkert förfärligt nu med livets alla smaker som referens. Vi stannade på en parkeringsplats längs vägen i en skog för att sova och samla kraft inför Paris som väntade oss en bit söderut. Inga motorvägar fanns så avståndet mellan Reims och Paris verkade oändligt och ändå hade den tyska kanonen Tjocka Berta skjutit på det avståndet under första världskriget.

Vi närmade oss Paris tidigt på morgonen. Jag hade funderat och redan bestämt mig för att hoppa av där, dels för att tiden var för knapp för att hinna med Spanien och dels för att mitt sällskap Susan inte levde upp till mina förväntningar. Hon var inte så smart varken när det gällde det ena eller det andra. Hon hade trott att man kunde sola och bada direkt när man hade anlänt till Frankrike. Därför hade hon baddräkt under byxorna och tröjan men inte nog med det, hon hade underkläder, trosor och linne, under baddräkten. Hur hon nu hade tänkt? I alla fall gav denna utstyrsel föga utrymme för att ta sig in närmast kroppen. Långt senare har jag sett denna felprogrammering hos killar som har kalsonger under badshortsen! Det är inte konstigt att det blir krig när vi vet så lite om hur medmänniskorna tänker?

Sällskapet hade tänkt se Paris på vägen hem från Spanien. Därför kunde jag inte bli avsläppt i centrala delar utan lämnade sällskapet vid Versailles väster om Paris. Här låg det fantastiska slottet där Ludvig XIV och Ludvig XVI hade hållit hov och där den svenske adelsmannen Axel von Fersen hade haft en affär med Marie Antoinette bland statyer, fontäner och buskar. I anslutning till slottet hade man också gjort upp Versaillesfreden i en järnvägsvagn. Man har anledning att tro att de hårde villkoren för Tyskland i fredsfördraget var upphov till att en missnöjespolitiker som Adolf Hitler kunde ta makten och att som följd av detta det blev ett Andra Världskrig. Men om inte om hade funnits hade förmodligen inte jag varit på väg in till Paris?

PARIS

Jag åkte buss mot centrum och passerade Seine flera gånger eftersom floden ringlar sig som en serpentin. Och där dök Eiffeltornet upp! Jag tog sikte mot det och tog mig så småningom upp med bag innehållande holländska träskor samt min sovsäck med svensk flagga på! Paris! Härligt! Kartbilden över staden kunde jag ganska väl efter mina fransklektioner på Läroverket. Dess äldre historia med revolution, giljotin och kejsardöme var mig bekant men historien som utspelade sig här för exakt 20 år sedan; vad visste jag om den?

I juli 1942 arresterades omkring 13000 judar, män kvinnor och barn, och fördes till cykelstadion, Velodrome d'Hiver, som låg strax nedanför Eiffeltornet på Boulevard Grenelle. Under många hemska dygn framöver, utan vatten och toaletter, var de judiska familjerna fångar på stadion i julihettan. Det var den franska polisen som samlade ihop Paris judar men det var på order av den tyska ockupationsmakten, dock i gott samarbete med Petains tyskvänliga regim i Vichy. Det framkommer ingenstans att den franska polisen gjorde motstånd mot den order de fått eller försökte lindra lidandet för sina landsmän. Detta är ett franskt trauma som ännu idag sopas under mattan.

Man framhåller fortfarande motståndsrörelsen och dess hjältar som minnesvärda från krigsåren. Dock var det betydligt fler som samarbetade i judeförföljelsen än som gjorde aktivt motstånd mot utrotnings-politiken. I Paris fortgick livet som vanligt. Alla judarna fördes så småningom till Auschwitz och dog i gaskamrarna eller av umbäranden. Idag 80 år senare finns det ingen kvar som kan berätta. 1962 fanns det förmodligen överlevande som hade kunnat vittna om vad som utspelades där nere under mina fötter. Boulevard Grenelle har för mig tvärtom varit ett gatunamn med ljuvliga matminnen. Där ligger Auberge Nantaise som är en bistro/restaurant med skaldjur och härlig atmosfär. Ostron, musslor, havskräftor, hummer och vällagad fisk har jag ätit där genom åren alldeles ovetande om det hemska som utspelade sig där för inte så länge sedan.

Jag tog mig ner från Tour Eiffel och strövade omkring i kvarteren mot Champs Elysées som var något som klingade bekant. Vädret var inte så njutbart så jag gick in på en biograf där man visade en av de senaste filmerna; "De Missanpassade". Biopubliken grät under hela filmen därför att Marilyn Monroe som spelade huvudrollen hade avlidit samma vecka och Clark Gable strax efter att filmen var inspelad. Alla filmer i Frankrike är dubbade till franska så huvudpersonerna talade ett vackrare språk än amerikanska. Innehållet var inte svårt att förstå om än min franska var bristfällig. Marilyn Monroe fick ett evigt liv som ung liksom James Dean. Jag var ung och jag var i Paris och nu gällde det att hitta boende och stadsprogram! Jag kastade mig ut i gatuvimlet och slogs av den mångfald av människor som omgav mig. Européer, asiater, sannolikt från Franska Indokina, samt afrikaner från de forna kolonierna i Franska Västafrika. Här passade alla in och det var en härlig känsla att erfara att här var alla tillsammans med samma rättigheter samtidigt som Medborgarrättsrörelsen i amerikanska södern slogs för att Kennedyadministrationen skulle upphäva rassegregationen som innebar skilda bussar, toaletter, restauranter, caféer och skolor för vita och svarta. Europeisk demokrati var redan på 60-talet ett föredöme. Martin Luther King och Kennedybröderna var ännu inte mördade så hoppet levde. Så var skulle jag bo i Paris?

Michel Noinville som jag liftat med i England hade inbjudit mig att komma och hälsa på honom i Paris. Jag hade fått hans telefonnummer och gick till en telefonapparat för att ringa upp honom. Det var augusti och kanske hade han fortfarande semester och om han var hemma i Paris visste jag förstås inte. Telefonapparaten och numret var väldigt förvirrande med både bokstäver och siffror. Hur hantera detta? Jag fick hjälp av en vänlig fransk dam som talade som en kulspruta med ett sammelsurium av verb och nasala läten. Situationen påminde om en scen i filmen "Dr Stangelove" flera år senare när en alkoholiserad officer försökte avbryta starten av ett kärnvapenkrig genom att ringa från en telefonautomat. 1962 var vi fortfarande mycket långt från mobiler och e-mail men det visste vi inte då! Så småningom svarade någon i luren på franska. Jag talade engelska och Michel i andra ändan av ledningen gick över till samma språk. Visst! Han mindes mig och givetvis var jag välkommen. Han gav mig adressen nära Place Clichy och jag skulle dyka upp framemot kvällen. Härligt! Det ordnar sig. Hans gata låg inte långt från Montmartre och nöjeskvarteren kring Pigalle. Alldeles nära jättebiografen Gaumont och inom gångavstånd för raska svenska unga ben. Senare har jag fortsatt att genom åren upptäcka Paris till fots. Metron/tunnelbanan i Paris, vågade jag mig inte på. Hade aldrig stött på en sådan förut. Klokast att gå och inandas Parisatmosfären och samtidigt ha kontroll på kartan var man befann sig. Sacre Coeur var en bra orienteringspunkt när man vandrade uppåt norrut från Seine.

MICHEL

Vad väntade mig hos Michel? Först flera år senare förstod jag att han var homosexuell och såg fram emot ett besök av en ung blond någorlunda vältränad pojke. Hans far som var en charmerande man hade blivit ordentligt förgrymmad på Michel för att han tog emot en ung svensk liftare. Fadern, denne drygt medelålders man och änkling, träffade några år senare min mor och blev väldigt förtjust i henne. Min familj besökte då Paris. De hade träffat Michel på mitt och Elisabeths bröllop. Jag ringde på och där stod han och välkomnade mig. Lägenheten bestod av fyra rum med knarrande parkettgolv. Väggarna och möblemanget gick i fransk empirstil med guldlister och sparsmakade detaljer och höga franska fönster och stuckatur. Jag blev hänvisad till ett eget sovrum innanför matsalen. Rummet upptogs av en grand lit med franska mått. Michel bodda i ett mindre rum innanför salongen. Smalare säng och krucifix på väggen. Jag blev välkomnad med ett par glas mousserande vin, sannolikt champagne, och tänkte att det här artar sig väl. Konversationen flöt lätt på engelska och vi hade mycket att prata om; Mina reseupplevelser och lite av hans bakgrund. Musik dånade ut från en gammeldags radiogrammofon. Han var en stor beundrare av Beethoven och under kommande vecka var det nog ingen av symfonierna som förblev ospelad. Härligt och avslappat. Michel lade upp ett program för mig under kommande dagar. Vad skulle jag se och vad skulle vi göra tillsammans när han inte jobbade? Vad beträffar förtäringen så skulle han stå för det och han skulle guida mig genom Frankrike både vad gällde mat och dryck. De fina viner jag drack den veckan var som att kasta pärlor för svinen. Min referensram var föräldrarnas Vin Rouge d´Algerie och Liebfraumilch men nu introducerades jag i viner från Bordeaux och Bourgogne, Alsace och Loire. Till detta läckra franska maträtter som tog lång tid att tillaga vilket gjorde att aperitifen drog ut på tiden vilket i sin tur gjorde att både aptiten och berusningen tilltog.

 Medan Michel lagade mat första kvällen föreslog han att jag skulle ta ett bad. Kanske luktade jag illa eller var det ett välment råd för att avlägsna resdammet eller var det för att se mig naken? Han ställde fram ett flyttbart badkar i plåt i köket och fyllde det med varmt vatten, skum och några väldoftande droppar. Jag var väldigt oskyldig och ogenerad och klädde av mig och gick naken från mitt rum till badkaret. Michel granskade mig och undslapp sig en kommentar som jag först senare förstod. Han sa: "Hur har du fått den där genom tullen?" Tydligen var han nöjd med vad han såg men uppförde sig oklanderligt. Han skrubbade min rygg men vidrörde inget annat. Jag njöt i min oskuldsfullhet – Ingen skada skedd. Snarare tvärtom. Ren till kropp och själ och redo att kasta mig ut i Paris by night.

Nu blev det bara en tur per bil med Michel som chaufför. Han var knappast nykter. Vi såg de kända byggnadsverken såsom Eiffeltornet och Triumfbågen upplysta och imponerande. På 60-talet var trafiken glesare och lugnare än i våra dagar. Högerregeln gällde fortfarande i rondeller i Frankrike vilket resulterade i att alla hade förkörsrätt in och därför blev det en sörja av bilar och stillastående kö inne i rondellen. Place Etoile blev till ett inferno av strålkastare, stoppljus och upprörda tutningar av ilskna signalhorn från bilar på tvären eller inneslutna. Numera har fransmännen accepterat förkörsrätt för den som är inne i rondellen om än man fortfarande kan erfara att regeländringen ej slagit igenom fullt ut 50 år senare! Fransmännen är ett släkte som tycker att det mesta är fel och vill gärna demonstrera, men ändå vill man inte ändra på något. Och ändrar man så tar det mycket lång tid att få genomslag för det nya. 1959 ersattes den franska francen med nya franc där 100 gamla blev en ny. När jag mer än 35 år senare köpte en vinodling i södra Frankrike var priset satt i gamla franc som kändes oöverkomligt men när man kunde ta bort två nollor slog jag till!!

Michel, 28 år var en mycket allmänbildad jurist, ekonom och konsthistoriker. Han undervisade mig i konst och byggnads-kultur, arkitektur och fransk livsstil allt medan vi gled runt i hans lilla bil en sen kväll, min första i Paris. Senare i veckan körde vi i andra riktningar och såg andra stadsdelar. På dagarna när Michel arbetade gick jag många kilometer varje dag och upplevde staden på nära håll. Fantastiskt! Jag satt på caféer med en öl och njöt av folkvimlet, stadens brus och doften av franska cigaretter. Jag åt "Steak-frites" med "dåligt men gott" rödvin i ballons d.v.s. de runda enkla vinglasen. Jag åt sandwich jambon, (skinkbaguette) och jag drack cider och åt surkål med korv och rimmat fläsk. Härligt! En eftermiddag slank jag in på något som såg ut som ett motionscenter för att stretcha och styrketräna. Allt gående på hårda trottoarer gjorde att jag fick kramp i vaderna ibland på natten. Eller kan det ha varit en följd av de goda dryckerna? Hur som helst behövde jag ett Gym som egentligen ännu inte var uppfunnit på 60-talet. Jag blev anvisad omkläd-ningsrum, duschar, träningsredskap och till och med en bastu. Den senare visade sig vara det mest frekventerade och där försiggick det övningar som låg långt bortom min fantasi och erfarenhet. Egentligen handlade det om en bastuklubb för gay män i alla åldrar. Det mesta utspelade sig helt ogenerat inför öppen ridå även om det också fanns små avskilda bås för par som funnit varandra. Jag höll mig till min planerade träning och avböjde vänligt på min knaggliga franska alla inviter.

Jag vandrade omkring på måfå och stötte vid något tillfälle på en söt flicka som frågade mig om något. Det var Barbara från Hof i Bayern. Således tysk tjej som pratade bra engelska och en del franska. Jag tror att hon var au pair i en fransk familj för att lära sig språket men inte ännu kommit så långt på den vägen. Vi gjorde sällskap och hamnade på en bänk i en liten park. Vi hade riktigt trevligt och bestämde träff dagen därpå på ett bad vid Seinestranden. Det rörde sig om ett allmänt utomhusbad i en flytande stor pool med omklädningshytter och däckstolar och förfriskningar. Vattnet luktade väldigt mycket klor och kom möjligen från Seine som sannolikt var ordentligt förorenat vid denna tid. Förmodligen dog väl all fisk när man släppte ut badvattnet om de inte hade dött förut av föroreningarna. Detta med miljömedvetande var ännu inte uppfunnet 1962. I alla fall var jag omedveten om problemet. Jag kom från ett land där man haft en radioserie på 30-talet om Lort-Sverige. Sedan dess hade en del gått framåt men fortfarande släpptes det mesta ut orenat från avlopp i städer och på landsbygd. Jag minns min barndoms skånska bäck där det fastnade kondomer, dambindor och toalettpapper bland svärdsliljor och kabbelekor. Förmodligen låg Frankrike steget efter oss, så man badade nog inte i klorerat Seinevatten. Barbara hade en gammaldags prickig baddräkt med liten veckad kjol och ståltrådskupor. Förmodligen arvegods från mamma eller äldre syster. Hon var söt i alla fall. Jag hade lite grundsolbränna från Åhus, Ostende och södra England men Barbara verkade inte förut ha kommit i kontakt med solen och därför blev hennes tyska jungfruliga hud ganska röd. Huruvida det sved på natten vet jag inte för vi tillbringade inte den tillsammans.

En kväll åkte Michel och jag upp till Montmartre. Han var inte mycket för att promenera vilket också skulle visa sig långt senare då han besökte Sverige. Släta sulor på svarta dansskor var den utrustning han använde för att vandra på klipporna i Västerviks skärgård. Nu parkerade vi högt upp nära Sacre Coeur och Place de Tertre där det målas mycket Hötorgskonst på dagarna till turisternas förtjusning. Det var långt innan sådana målningar blev kitsch och trendigt och numera uppskattad retro. Vi passerade bistron Le Consulat där den fria stadsbildningen Montmartre har sitt säte. Här har de flesta franska konstnärer suttit och här satt vi och sedan gick vi ner för Rue de Saule där vi passerade Paris enda vinodling stor som en handbollsplan.

Strax nedom låg och kanske ligger än, en av Paris mest kända och minst turistiska cabaret för franska visor. Den hette Lapin Agile, Den snabbfotade kaninen. Härligt fransk med väggfasta obekväma träbänkar, rustika träbord, rödrutiga gardiner och ett halvsolkigt draperi som var scenens ridå. Därifrån kom det fram sångare och sångerskor som själfullt framförde nya och gamla Chansons. Jag minns mest en man som hette Yves Mattieu. Han sjöng halvskabrösa visor om att 40-åriga kvinnor var de bästa älskarinnorna vilket jag saknade referensram till för att ha några synpunkter om. Michel översatte och sannolikt hade han en viss erfarenhet trots sin läggning. Hon hette Nicole och var i modebranschen och henne fick jag träffa en kväll ihop med charmören Jaques. Det enda som serverades på visstället förutom många franska verb och oförståeliga vistexter var ren alkohol med inlagde körsbär som man fick plocka upp med fingrarna ur glaset. Många franska stjärnor lär någon gång ha sjungit på kabarén framför draperiet; Piaf, Mireille Mattieu, Francois Hardy m.fl. Jag njöt av den parisiska atmosfären och for inte illa av att jag inte förstod poesin. Michel försökte förklara ett och annat för sin unge gäst.

Nedanför Montmartres nordvästsluttning ligger en kyrkogård som jag besökt tidigare i veckan. Här ligger många kulturpersonligheter begravda och här skulle också Edit Piaf vila efter sin död ett år efter mitt Parisbesök. Hon levde alltså medan jag var där och den röst som sjungit "Hymn de l´amour" hade ännu inte tystnat. Via ett CD-spår fick hon sjunga den på min kära Elisabeths begravning knappt 50 år senare.

En eftermiddag hamnade jag på Ile de St Louis, ön uppströms från Ile de Cite´ där Notre Dame ligger. Ön består av exklusiva lägenheter men också kvarterskrogar varav en Alsacerestaurant blev min favorit. Den ligger vid gångbrofästet mot högra stranden och serverar surkål med fläskbitar och korvar i alla former. Maträtterna och atmosfären förenar och förlåter allt det elände och lidande som många krig varit upphov till. Nu äter man surkål tillsammans på båda sidor om Rhen men det är inte länge sedan söner från samma familj kunde strida i olika arméer och skjuta ihjäl varandra från skyttegravarna, en försvarade Elsas och en annan Alsace. Nu för doften av *choucroute* (surkål) tankarna till Europas enhet och vår tids kultursmältdegel. Jag förstod det inte då men hade lärt mig på geografi- och historielektionerna att det hette Elsas. Och nu satt jag på en Alsacerestaurant – Himla gott! Senare skulle jag också lifta genom Lothringen som numera heter Lorraine.

Champs Elysées; det var inte länge sedan, 20 år, som tyska soldater marscherade ner för paradgatan och Hitler stod framför Eiffeltornet och kände sig oövervinnerlig – Nu stod jag där nära Place Trocadero och blickade ut över floden och Marsfältet längre bort. Detta var ett militärt övningsfält, därav namnet, som kom till användning för de tyska trupperna under ockupationen. Numera är det ett fält för picknick och stora konserter. Man såg inte mycket av Andra Världskrigets spår i Paris. Staden klarade sig och blev skonad från förstörelse både vad gäller tyska bomber, allierades bomber och den planerade stora spräng-ningen av staden som skulle ske vid den tyska reträtten. Enligt källor så räddades Paris i krigets slutskede av den svenske ambassadören som lyckades förhandla fram en lösning med den tyske kommendanten.

Trots massdeportationer av judar från Paris förblev de judiska kvarteren närmast intakta. Det upprättades inga getton eller rivningar av de judiska bostäderna. Gatorna låg inte långt från Hallarna och kallas idag Maraiskvarteren. Marais betyder träsk så det var väl från början inte den mest hälsosamma bebygg-elsen. Efter mitt Parisbesök 1962 revs Hallarna och en del kvarter i närheten tömdes på både gatflickor som Irma La Douce och på hallikar, gangsters och nattarbetare som lastade av och bar frukt och grönsaker, fisk och kött och övriga dagligvaror för distribuering i Paris. Istället byggde man bl.a. Centre Pompideau, ett fantastiskt kulturhus med hemsk arkitektur. Det pryder sin plats som ett fult ärr på en bedagad skönhet. En kväll åkte Michel och jag till Maraiskvarteren. Vi gick på en Apache Bar för att se apachedans. Apacherna var en subkultur av kriminella gatugäng, rånare och hallikar i början av 1900- talet. De hade fått sitt namn från de nordamerikanska indianerna som i Europa beskrevs som grymma våldsverkare.

De parisiska apacherna var klädda i trånga byxor, vida skjortor, stor keps och en scarfs runt halsen. De dansade med damer i trånga blusar, halvlånga vida kjolar och knäppkängor. Dansen var rituell och beskrev gatuvåldet mellan de prostituerade, sutenörerna och gängledarna. Musiken hade franska rötter men var inte olik tango, flamenco och zigenardans.

Modet spred sig så småningom till andra grupper och namnet fick en revolutionär klang som övertogs av kulturkretsar. Det bildades en avantgardistgrupp med namnet Apache där bl a kompositören Ravel ingick. Michel och jag drack Courvoiser cognac och njöt av skådespelet på det lilla dansgolvet. Efteråt promenerade vi i kvarteren och tog oss ner till Hallarna för att titta på Paris´ Mage som det kallades. Vi gick in på en liten sylta som jag tror hette "Chez le chien qui soufle", den visslande hunden, och åt gratinerad löksoppa. Det var en ganska mäktig tjock soppa med ett lock av smält ost. Säkert styrkande och näringsrik för arbetarna som jobbade hela natten. Irma La Douce såg vi ej till men väl en hel parad av hennes systrar uppblandade med transvestiter och manliga prostituerade.

Mina dagar i Paris närmade sig sitt slut. Härliga upplevelser och glädjen över att ha funnit en ny vän i Michel. Vi höll vår relation på ett vänskapligt kompisplan som höll hela livet. Vi träffades året därpå ihop med mina studentkompisar på resa i min lilla DKW i Europa och Michel gjorde besök i Sverige i mitt för-äldrahem och min familj besökte honom i Paris. Min bror Anders bodde hos honom i Paris och Michel och jag semestrade ihop i Berlin långt efter att Berlinmuren byggts och kluvit staden. Sista gången jag såg honom var i Paris 2010 efter att min hustru Elisabeth gått bort. Han hade varit med på vårt bröllop 1969 och då hållit ett känslosamt tal om vårt första möte 1962. Michel dog 2016, 82 år gammal. Jag fick en personlig inbjudan till hans begravning men kunde inte närvara.

MOT VÄSTFRONTEN

En morgon tog jag metron till en ändstation österut för att därifrån lifta vidare mot Tyskland och hem till Sverige innan sommarlovet var över. Jag fick vänta ganska länge på lift. Parisarna var väl mer försiktiga med eventuella kriminella typer längs vägarna än vad landsortsbor var. Jag hade en lång solig dag framför mig. Inga motorvägar där jag drog fram. Det var ett vackert landskap med trädalléer längs vägen. Mitt på dagen minns jag att jag satt med ryggen lutad mot en platan med militärmönster på stammen. Det fanns fortfarande grönt gräs och blommor längs vägkanten. Kanske hade det varit en regnig sommar för annars brukar det mesta av vårens frodighet ha bränts ner av solen i augusti. Det var fortfarande vackert på eftermiddagen när en liten *Deux Cheveaux*, Citroën 2CV, stannade framför mig. På förarplatsen satt en fransk präst av något slag med lång svart klädnad och sandaler med nakna fötter. Han hade också en rund hatt som han lagt bredvid sig. Han räddade den när jag klev in i bilen och satte mig. Det var ganska trångt med väska och sovsäck som jag vis av tidigare erfarenheter ville ha nära mig för att kunna ta mig ut snabbt om det skulle behövas. Prästen var i medelåldern och var mycket vänlig och talade en begriplig franska. Vi pratade om Paris och om Sverige och om hur försiktig man måste vara som liftare. Det fanns många onda människor som man kunde råka ut för. Den vänlige prästen var verkligen inte ond eller förtappad men han visade ett överdrivet intresse av att röra mig när han talade. Det var klart mer än det vanliga franska gestikulerandet. Han sträckte högerarmen förbi mig för att ordna saker och ting vid dörren på min sida och när han drog tillbaka den lät han den vila högt upp på mina shorts. Han hade förmodligen en viss erfarenhet av korgossar som kanske kände sig handgripligt välsignade men så kändes det inte för mig. Jag tog vänligt men bestämt bort hans hand och lät honom förstå att jag ej var intresserad av den sortens kontakt och vi körde vidare under den härliga eftermiddagen med bilrutorna öppna och upphakade med hasp. Hastigheten var inte så hög så körsträckan blev därefter. Han släppte av mig i närheten av Verdun. Han steg ur bilen och kramade om mig och önskade mig lycka till. Jag undrar hur det har gått för honom och hur hans liv gestaltat sig. Fastnade han i någon kyrklig eller rättslig skandal eller blev han kardinal?

Verdun, nu var jag tillbaka i historieboken. Jag var vid Västfronten där Första Världskriget hade skördat miljoner offer. Bara i slaget vid Verdun som slutade oavgjort dog det närmare 400 000 soldater på vardera sidan. Jag hade läst "På Västfronten inget nytt " men aldrig riktigt fattat vidden av tragedin. Slaget pågick under hela 1916 då min far var 7 år och min morfar i 30-årsåldern. Naturen hade läkt alla sår men i varje fransk och tysk familj är såren ännu idag öppna och så 1962 när jag var där. Monumenten i de franska byarna talar om tragedierna med många döda bröder i samma familj. Jag besökte ett krigsmonument och såg otaliga kors på krigskyrkogårdarna. Under Andra Världskriget låg man inte i skyttegravar. Tyskarna tog sig då raskt förbi de franska ointagliga försvarslinjerna och marscherade mot väster i stridsvagnsfart. Fransmännen hade byggt Maginotlinjen som skulle förhindra att Första Världskrigets fasor upprepades men den försvarstaktiken byggde på gammaldags krig och de långa tunnlarna mellan försvarsanläggningarna har inte varit till annan nytta än champinjonodlingar i fredstid.

Vad visste min morfar 1916 om vad som pågick på Västfronten? Vad visste min far 1940 om vad som pågick i norra Frankrike? Båda var i soldatåldern och båda var nygifta men ännu inga barn. Hade de varit fransmän så skulle jag förmodligen inte funnits och deras namn skulle ha varit inristade i något krigsminnesmärke.

Longwy var en förfärlig stad på Maginotlinjen. Alldeles svart av sot och rök från kolgruvorna och industrierna. Även människorna såg nedsvärtade ut. Förutom alla krig, där alltid Longwy låg vid fronten har det i denna del av Lorraine eller Lothringen varit sekler av lidande, av fattigdom och sjukdomar. Koldammslungan ledde till en för tidig död. Redan som barn fick man börja arbeta i gruvorna, sedan blev man soldat och dog man inte av krig så dog man några år senare av sjukdom eller svält. Emile Zola har beskrivit hemskheterna. Det var inte konstigt att Karl Marx reagerade och skrev Das Kapital och förordnade revolution. Karl Marx växte upp i Saardalen inte långt bort på andra sidan gränsen. Hans far var lantarbetare på en vingård som än idag producerar goda viner. Jag närmade mig tyska gränsen vis Saarbrücken, alltså bron över floden Saar, som är en biflod till Mosel, som är en biflod till Rhen. Landskapet och delstaten på tyska sidan heter Saarland och hade under mellankrigstiden haft en särställning som tyskt men med inskränkningar. Punkter i Versaillesfördraget 1919 förbjöd placeringen av tyska militära trupper där. Saarland skulle vara demilitariserat. Hitler ändrade på den saken! Jag övernattade på ett sjabbigt ungdomshärbärge och ihop med likasinnade fick jag i mig en hel del öl från Alsace. På morgonen tog jag mig gående över den fransk/tyska gränsen

PÅ TYSKA AUTOBAHN

På 60-talet visade man pass och fick stämplar vid gränserna. Det var med stolthet jag kunde räkna mina stämplar och känna mig som vagabond eller vandringsgesäll. Jag njöt av detta och har det sannolikt i blodet. Någon urfader som var hugenott eller jude hade på slutet av 1600-talet utvandrat norrut från Frankrike till Sverige sedan Ludvig XIV inlett religiösa förföljelser. Enligt osäkra källor skall denne emigrant ha försörjt sig som skär- sliparc gcnom Europa genom att dra en vagn med slipsten på vilken han slipade knivar. Om det var kvinnornas hushållsknivar eller busarnas slagsmålsknivar eller soldaternas bajonetter för- täljer inte historien. Hade han spillt några avkommor längs vägen med liknande DNA som mitt? Det kändes som om jag kunde vara släkt med de flesta. Dock inte med den man, förutom på mycket långt håll, som tog upp mig vid vägkanten efter gränsen i Tyskland. Han var en afroamerikansk officr i välsittande uniform med mycken grannlåt. På den tiden kände jag ej till militäruniformernas stjärnor och pixknappar så därför vet jag ej om han var furir eller major. Knappast högre rang, för i så fall skulle han haft chaufför. Han såg mycket bra ut och var vänlig och talade en vårdad amerikanska som jag lätt förstod. Han var på väg till sin bas i Frankfurt am Main så det blev en lång lift med mycket prat, skämt och understatements. Vi passerade Kaiserslautern och körde förbi vinodlingar i Rheingau och korsade Rhen. Vi närmade oss Frankfurt mitt på dagen och han frågade om han fick bjuda på lunch. Jag tackade ja och kände mig väldigt nöjd med min dag. Det visade sig att det var officersmässen på amerikanska militärflygplatsen som var vårt mål. Jag minns inte att vi passerade några spärrar eller svårigheter för att komma in på området. Lunchen var en enkel men riklig kantinmåltid i en stor lokal med mycket militär personal. Jag minns inte att vi träffade någon som han kände eller någon han presenterade mig för. Jag måste ha tett mig väldigt udda i sammanhanget men det verkade inte störa min lunchvärd.

Han uppträdde mycket diskret och artigt men hade ibland en glimt i ögat som tydde på mer än vanlig vänlighet. Så småningom gick det upp för mig vad han egentligen ville; han undrade om jag ville följa med honom bort till hans våning, rum eller förläggning! Han skulle klä om sig och sedan köra mig ut till infarten där jag kunde få vidare lift. Tydligen hade jag i min oskuldsfullhet gett felaktiga signaler. Det hade hänt förut under resan och ingenting hade jag lärt mig. Att misstro människor var inte min grej och sannolikt var det något i mitt beteende som inbjöd till förhoppning om kroppslig kontakt. Senare under livet har jag lärt känna flera med annan sexuell läggning vilket inte alls förhindrat broderlig vänskap men man undrar om jag borde ha betett mig annorlunda i utsatta lägen? Förmodligen hade jag med en större misstänksamhet ha förlorat möjligheten att skaffa mig kontakter och vänner? Om man inte vågar bjuda på sig själv i sociala sammanhang tro jag att man försitter chansen till relationer med olika sorters människor. Att resa ensam som liftare eller tågluffare eller på sällskapsresa kräver att man måste ta en del risker. Det är en del av tjusningen av att vara på väg. Jag hade en god förmåga att lirka mig ur situationer utan att skaffa mig ovänner.

Sedan jag vänligt tackat nej till hans förslag och beklagat att jag inte levde upp till hans förväntningar men att jag var mycket tacksam för både bilresan, lunchen och vår samvaro, dunkade han mig i ryggen och bad mig vara försiktig under fortsatt resa. Han körde mig ut till allmän väg och vinkade av mig med en spjuveraktig blick! Detta var min första kontakt med Andra Världskrigets segermakter och deras militära närvaro i Tyskland.

Amerikanarna hade trupper i sydväst med militärbaser där bl.a. Elvis Presley gjort sin militärtjänst ett par år tidigare. Britterna höll till i nordväst, fransmännen mittemellan och ryssarna i det som blev Östtyskland. Berlin delades mellan segermakterna och blev inte återförenat förrän efter Murens fall 1989. Den amerikanska segermakten som tagit sig an mig hade uppträtt korrekt och jag skulle gärna ha träffat min välgörare senare i livet. Vad blev det av honom? Blev han ihjälslagen under raskravallerna i Sydstaterna eller blev han skjuten i Vietnam eller blev han general eller militär attaché i något hörn av världen? Många frågor får inga svar. Jag vet inte vad han hette!

Jag reste norrut på motorväg under eftermiddagen genom Hessen som är fantastiskt vackert med mycket mjuka berg omväxlande med bokskogar och hisnande vyer med jordbrukslandskap. I skogarna i dessa trakter finns förebilderna för Bröderna Grimms sagor. Trolska miljöer med natur som sätter fantasin i rörelse – Jag passerade, nära Kassel, en vägskylt till den lilla staden Staufenberg. Kan detta möjligen ha varit ursprungsorten för släkten von Stauffenberg med två f.? Överste och greve Claus von Stauffenberg hade avrättats för 18 år sedan; dagen efter att han försökt döda Hitler med en bomb placerad i en portfölj under skrivbordet. Han var del av en sammansvärjning mot nazistledaren. De misslyckades dock med att undanröja diktatorn i krigets slutskede. Hur hade historien sett ut om spräng-laddningen gett det avsedda resultatet? Hade kriget kunnat förkortas och därmed räddat hundratusentals liv och kulturvärden i Tyskland under sista krigsårets massiva bombningar? Von Stauffenberg borde få Nobels Fredspris postumt om än hans gärning var krigisk?

Mitt resande norrut gick undan med ett långt stopp utanför Hannover i en motorvägskorsning där autobahn mot Berlin gick österut. Det var förbjudet att lifta på motorväg eller dess tillfarter så vad kunde jag göra? Jag blev bortkörd av gröna poliser men tog mig så småningom upp ur diket igen och lyckades få lift efter lång väntan. Det var en liten Messerschmidt som stannade. Detta var en tvåsitsig bil med tre hjul.

Passageraren sitter bakom föraren och ser knappast ut. Trångt för både mig och min packning men väldigt vänligt av tysken med skinnhuva. Det gick inte så fort upp över Luneburge Heide fram emot kvällningen. Bilen förde oväsen som en motorcykel så jag tror inte att konversationen var så livlig. Det låg kvällsdimma över heden och solen förgyllde landskapet. Jag såg en skylt till staden Celle där många vänner studerat eller varit på sommarvistelse för att förbättra sin tyska. Långt senare skulle jag utforska denna stad som är fantastiskt vacker och full av kultur. Sannolikt klarade den sig ganska bra undan bombningarna mindre än 20 år tidigare. Vi passerade också en vägvisare till Bergen-Belsen, ett av nazisternas koncentrationsläger. Här dog 70 000 judar och resten fördes österut till Auschwitz för att utrotas där. Det var britterna som intog och befriade Bergen-Belsen 1945 och bilder spreds för första gången i svensk, europeisk och amerikansk press. De som inte hade trott på fasorna blev övertygade och de som i sin oskuldsfullhet inte velat veta kunde inte längre undkomma sanningen. Bilderna av de utmärglade fångarna tog sig in i svenska hem. Även i mitt! Jag var mager som barn och svårt sjuk i 2-årsåldern och fick ofta höra att jag såg ut som en "Belsenfånge"! Uttrycket fanns kvar i många år, långt efter det att några av de skelettliknande gestalterna hamnat i Sverige. Redan innan det slutliga tyska nederlaget hade några hundratal räddats till vårt land av "De Vita Bussarna". Om detta fick jag veta långt senare av min vän Inga Gottfarb som deltog i räddningsarbetet och skrev en bok om det många år senare. Svenskarnas insats var varken stor eller heroisk under kriget men lite ära kan vi i alla fall ta åt oss vad beträffar trafiken av danska judar över Öresund, norska frihetskämpar över fjällen och insatsen med de vita bussarna. Dessutom hjälpte vi Finland inte minst genom att ta över utsatta finska barn som fick hem i Sverige. Huruvida dessa insatser kunde uppväga sveket med Baltutlämningen efter kriget låter jag vara osagt.

Jag blev avsläppt i mörkret nära Lübeck. Inte långt hem nu men först ännu en natt. Det såg ut som om det var långt till bebyggelse och korna råmade på fältet intill vägen. Det kändes inte bra att lifta i mörkret och heller inte bra att bege sig längs vägen till något nattlogi. Jag stod i en rondell som var belyst med några gatlyktor. Jag tog en öl och några kex ur min packning och stillade hungern medan jag funderade. Rädd var jag inte men att stå vid vägen på kvällen var inte precis ofarligt. Vad göra?

Den säkraste platsen att sova på verkade vara på gräset mitt i rondellen och där rullade jag ut min sovsäck och lade mig tillrätta med väskan med de holländska träskorna under huvudet. Det fanns några buskar i rondellen så jag var nog inte Iögonfallande synlig för lastbilarna som snurrade runt mig. Kvällen var ljum och stjärnorna tindrade på himlen. EU flaggan var ännu ej uppfunnen mer än som testbild på TV men möjligen kunde jag ana något sådant mönster däruppe som tittade ner på mig. Det blev kallt framåt morgonen och korna råmade. Sovsäcken var typisk 50-tals vadd. Inget mot dagens lätta och varma material. Det var inte läge att ligga kvar och dra sig en sista morgon på väg i Europa. Jag fick lift ganska omgående av en tjock långtradarchaufför som skulle i samma riktning som jag mot Danmarksfärjan vid Grossenbrode. Han tyckte att det var tufft av mig att sova i rondellen och försäkrade mig om att utifall han vetat om detta så skulle han ha erbjudit mig sovplats i lastbilen. Han sa det med ett tvetydigt leende. Jag var nu ganska härdad vad beträffar sådana anspelningar och tog det med ro.

Vi skildes vid färjan och jag intog en rejäl frukost på tyskt/-danskt vis med en liten Underbergare för att mota bort kylan och få ordning på magen. Underberg är en liten flaska 2-4 cl, invirad i brunt papper. Påminner om svensk Besk men lite fruktigare och mjukare. Kanske något åt Gammel Dansk hållet: Mina pengar hade räckt. Så här efteråt undrar jag hur det hade gått till? Hade dessutom säkert några resecheckar kvar som reserv? Dagens vagabonder med kontokort och Bank ID är bara att gratulera. Men det var mer spännande förr!

Hem via Danmark, färja Helsingborg-Helsingör och vidare mot mjölkbordet vid vägen där jag startade 3 veckor tidigare, är inget jag har några minnen av. Kände mig dock lite blasé och världsvan när jag kom hem. Resan hade stärkt mitt självförtroende. Jag hade lärt mig att reda ut kniviga situationer och ta hand om mig själv och handskas med osäkerhet och rädsla. Det är viktigt att träna "att ej ha kontroll". Annars ängslas man mer än man gläds. Mina föräldrar gladdes åt att få mig tillbaka och var tacksamma för alla vykort jag skickat enligt överenskommelse. Jag berättade om mina upplevelser, men ej allt. Jag behövde lång tid på mig för att summera och ta till mig av allt det som jag nu skildrat. Jag väntade med att ställa frågor om världen, Europa och kriget. Också angående vår kollektiva skuld och våra individuella ställningstaganden. Skåning, svensk och europé för att citera Carl Bildt. Men också världsmedborgare med det ansvar det innebär.

Till detta kommer jag när det är dags att ta itu med min resa med Volkswagenbuss med rutiga gardiner till Indien 1967.

- o -

PÅ VÄG
II

Till Indien i en Folkabuss
med rutiga gardiner

1967

Till Lotta

100

Sjöbo och Polen

Två dagar före högertrafikomläggningen. Alla skyltar satt fel och en del saknades, så vi körde fel redan i Sjöbo. Det fanns ingen skylt som pekade ut riktningen till Indien. I bilen, en kommunalgrå Folkabuss med text "Skogsvårdsstyrelsen" satt Lotta, Elisabeth och jag på väg mot Bombay via Östeuropa, Sovjet, Kaukasus, Iran och Afghanistan.

Fordonet som vi kallade Folke var inköpt i Lund för cirka 5 000 kronor och var registrerad i Malmöhus län MA 42410.

Det började således inte bra, fel väg redan efter 3 mil och sura uppstötningar av upphetsning. Fel skulle vi köra många gånger och den sugande känslan i maggropen skulle bestå, inte minst av all rysk vodka som väntade oss.

Vi var på väg till Ystad för att ta färjan till Polen. Därifrån skulle vi köra mot söder och sydost. Elisabeths mamma Svea, geografilärarinna, skulle trots mycket initialt motstånd till resan, lägga om sina lektioner och följa dotterns expeditioner genom Asien.

Elisabeths och Lotta hade från början planerat att resa utan en Tredje Man. Då hade de planerat vägen via Turkiet på ditvägen och genom Ryssland på hemvägen. De hade inte riktigt tagit till sig det som hänt Karl XII, Napoleon och Hitler. Efter mitt inträde i planeringen lade vi om rutten för att ta landsvägen norr om Svarta havet i september och eventuellt båtresa hem via Suezkanalen på vintern.

Jag blev headhuntad av tre skäl. Dels för att de behövde en mekaniker, dels för att de förmodade sig inte kunna bli kära i mig och dels för att jag var galen nog att inte inse att projektet var en dröm. Så fel de hade på alla 3 punkterna. Att reparera en bil var min absolut sämsta gren, men med kärleken gick det som det gick och vad beträffar galenskapen så var den hanterbar.

Vi var väl förberedda trodde vi. Jag hade läst på ryska bokstäver och enstaka fraser, Lotta hade gjort detsamma med Farsi och Elisabeth hade inköpt en bok i språket Hindi i Gleerupska bokhandeln i Lund. Innehållet visade sig vara så som fornnordiska förhåller sig till svenskan i dag. En del koloniala fraser gick att använda visade det sig.

Vi hade vaccinerat oss mot det mesta under sommaren och hade samlat på oss läkemedel för expeditionen. Pengar hade vi fixat genom att skriva in oss på konsthistoriska institutionen för fältstudier och därför kunnat plocka ut studielån. Dessutom hade vi tagit så kallade Kreditkasselån, ett nödlån för studenter. Lottas exboyfriend, kära Colle, hade skrivit på som borgensman.

Vi hade försökt finansiera resan med reklam på bilen, tidnings-artiklar eller övrig sponsring för upptäcktsresande, men det mesta hade varit resultatlöst. Dock en gåva från Blå Band som skänkt diverse soppor och pulvermat i platta påsar som var lätta att stuva undan, till exempel mellan plåten och skivorna på insidan av bilen. Dessa kunde skruvas loss och där innanför fanns det utrymme som gjort för torrskaffning. Det är nog andra som använt den gömman för smuggel av annat pulver än Blå Bands soppor och raggmunkskoncentrat. Carlsberg i Köpen-hamn var inte lika tillmötesgående och det blev vare sig öl eller ekonomiskt stöd. Inte heller Volvo nappade på våra förslag angående levande reklam eller att skänka oss en militär Volvo 903 jeep som skulle kunna vara en utmärkt expeditionsbil. Detta trots att min mor hade en kusin som var jurist och direktör på Volvo i Göteborg.

En del håligheter fanns i vår planering. Lotta, som var den ursprungliga initiativtagaren till att korsa Östeuropa och Asien per bil hade inget körkort. Det är ordnade hon under sommaren och strax innan avfärd var hon fullärd. I centrala Polen, under färdens första dag gjorde hon en akut gatuvändning på en smal landsväg och då hamnade ett par hjul och halva expeditions-styrkan i diket. Ingen skugga över just Lottas körning dock.

En annan förare lyckades i Wroclaw i samma land under samma dag hamna på en järnvägsbro. Redan i Polen fick vi alltså den första hisnande känslan av att vara på väg mot äventyret.

Varför just Indien? Det låg lite i luften i mitten av sextiotalet. Hippierörelsen, som vi visste absolut ingenting om, började växa fram och the Beatles hade varit i Indien och mediterat. Vi hade läst Tagore och Siddharta och lockades av något som var tänkvärt, spännande och annorlunda.

Vi var tre ganska vanliga snälla studenter i Lund utan dragning till det ockulta eller det nyöppnade politiska landskapet. Vi deltog inte i aktivt i demonstrationer eller manifestationer, blockader eller ockupationer. Vi var två familjeflickor och en familjepojke som skötte sina studier och festade i Lund. Vi var fria och obundna och kunde göra det som föll oss in. Inga relationer eller skyldigheter som höll oss på plats. Så varför inte ge sig ut i världen på expedition medan tid, lust och möjlighet fanns?

Jag återkommer till första dagen i Polen där vi inte såg så mycket av den frigörelse som skulle komma med Lech Walesa. Grått och fattigt, men vänligt. Tidig kväll tog vi oss in på någon slags restaurang eller kantin för vanligt folk. Vi hade tvingats växla till oss en hel del polska zloty som vi försökte sätta sprätt på. Vi betalade en struntsumma till den tjocka damen som vaktade på toaletten. Det visade sig senare att mat för tre var billigare än vad vi betalat tanten!

Vår reskassa var redan från början ett återkommande samtalsämne. Skulle det räcka eller var vi kanske stenrika? Vi hade hela vår förmögenhet inklusive pass och viktiga papper i en nätkasse som vi gemensamt ansvarade för och drog med oss överallt ibland med alarmerande vårdslöshet. Just nu i Polen var vi väldigt rika!

Första natten, förutom den vi tillbringat på färjan, skulle gå av stapeln i södra Polen. Kvällsmörkret var redan kompakt när vi tog av på en liten grusväg och hamnade i ett majsfält med rasslande kolvar, torra blad och små kilande åkersorkar eller råttor. Här verkar det fridfullt och ofarligt tyckte vi, men beslöt oss för att inte försöka få upp vårt lilla orangea tält utan sova i bilen alla tre. Detta blev senare mera regel än undantag.

Nu gällde det att prova vår utrustning i bilen för nattläger. Bilen var ordnad så att det längst fram fanns ett soffliknande grått säte med plats för tre. Klädseln bestod av grå plastliknande läderimitation. Denna blev ruskigt varm och halkig ju närmare ekvatorn vid kom. Längst bak fanns ett liknande säte som avgränsade kupén mot bagagedelen. Däremellan fanns ett tomt utrymme där mellansätet hade funnits. Längs väggen till höger stod en avlång trälåda från Äggexporten i Degeberga. Den var fylld med expeditionens förnödenheter; mat, mediciner, verktyg, reservdelar, litteratur och svenska Dumleklubbor som skulle användas när det uppstod kris eller förekom hot mot överlevnad. I ägglådan fanns allt utom ägg. För att möblera om för natten vinklades den tunga lådan och ställdes på tvären mitt i bilen och sedan togs stora byggskivan fram. Den var tredelad och hopfällbar med gångjärn och stod under dagen placerad innanför ägglådan. Att få skivan på plats som en heltäckande sängbotten ovanpå lådan var ingen lätt sak första kvällen i mörkret på en polsk majsåker.

Madrass hade vi ingen men väl tre gammaldags sovsäckar, var sin kudde samt en ihopkrympt Viola Gråsten-pläd i rött och orange. Den fick fungera som liggunderlag i väntan på de persiska mattor som sedan skulle göra nattvilan mindre traumatisk. Jag sov i Härslöv IF´s träningsoverall, Elisabet hade ett babydoll-nattlinne i blått med spets och Lotta sov i någon ljusblå lycraliknande nattutstyrsel av pojkmodell. Damerna smorde in sig med damkrämer medan jag som låg till vänster närmast den öppna dubbeldörren blickade ut över Sydpolen.

Utrymmet mellan där huvudet befann sig på baksätet och där sängen slutade var lagom för Elisabeth, på gränsen för Lotta och alldeles för kort för mig. Så när jag behövde sträcka på benen så måste jag ha dem uppe på framsätenas ryggstöd. Detta gav upphov till vissa översträckningssymtom i knälederna efter fyra månaders praktiserande. Oj, vilken härlig känsla där bland de rasslande majsbladen. Mörker och stjärnhimmel uppåt och till vänster samt två goda vänner till höger.

Vi var i Schlesien, då och nu huvudsakligen tillhörande Polen, men med en blodig centraleuropeisk historia. Riket grundades av vandalerna för tvåtusen år sedan. Det var en stam som hette "slingerna" som gav upphov till namnet. Sedan dess har landet slitits mellan Polen, Preussen och det Habsburgska Österrike. 30-åriga kriget med svenskar som härjade i trakterna resulterade i förödelse samt att protestanterna vann själar på bekostnad av självstyre och frihet. Det senare kände vi starkt för och trots att vi inte var vandaler så lyckades vi trampa ner ordentligt i majsfältet under våra frukostgöromål.

Polens delning var inget mot delningen vid våra måltider. Redan första frukosten var vi överens om att allt skulle delas lika eftersom vi hade en gemensam reskassa. Ingen fick spara något bröd eller tilltugg till nästa måltid då de andra kanske skulle vara utan och missämja skulle uppstå. Således åt vi lika mycket. Vid resans början vägde Elisabeth cirka 50 kg, Lotta 60 kg och jag

70 kg. Vid hemkomsten fyra månader senare efter total jäm-
ställdhet vägde vid alla 60 kg, något för dagens likasträvare och
genusivrare att ta till sig!

Tjeckoslovakien

Över gränsen och så var vi i ett annat land. Där fick man växla
in till tjeckiska kronor vars värde för oss var oklart. Liksom i
Polen hade vi i alla fall svårt att göra av med våra pengar.
Bensinen var billig på den tiden och billigare skulle den bli ju
längre österut vi kom. Vi färdades i det som i dag huvudsakligen
är Slovakien. Bergen började dyka upp och landskapet var bedö-
vande vackert. Vi var på sydsidan av den utlöpare av Karpaterna
som skiljer Polen från Slovakien. På polska sidan finns Tatra-
bergen och Zakopane och på den andra sidan finns Karlsbad,
som numera heter Karlovy Vary och var en mondän hälsobrunn
för den Habsburgska överklassen under kejsarriket.

Egen picknicklunch under dagen på en liten karpat var ro-
givande efter allt körande som, liksom maten, delades minutiöst.
Vi tog fram den stora rödgula flaggan, inköpt på Försvarets
Överskottslager, som fungerade som duk utbredd i naturen. Vad
den tjänade för syfte fick vi senare vid flera tillfällen förklara för

sovjetiska tjänstemän. Den var inte en markering för spionflyg-fotografering för västmakternas räkning. KGB hade stenkoll på oss redan från början. Flaggan hade vi, liksom mycket annan utrustning, inköpt på försvarets överskottslager i Kävlinge. Huruvida den betydde "pest" eller "man över bord" var oklart. För oss betydde den från första dagen "nu äter vi". Duken skulle vid många tillfällen framöver förskönas av färggranna frukter och grönsaker och exotiska bröd.

Vi tuffade vidare mot öster och nådde så småningom den lilla slovakiska staden Ruzomberok i en vacker dal. Vårt nattläger där skulle senare på kvällen bli en pastoral äng med en liten bäck och grönt gräs med betande får eller kor i fjärran. Innan dess skulle vi göra sta'n och gå på restaurang och sätta sprätt på våra kronor. Nästa förmiddag skulle vi nämligen passera den sovjetiska gränsen.

Kvällen blev en upplevelse både matmässigt, socialt och politiskt. Det förstnämnda blev en charad. Vi hade under dagen stiftat bekantskap med ett stort antal förvirrade gäss som ej kunde trafikreglerna. Både den för oss nyinlärda högertrafiken kombinerat med Lottas oförmåga att skilja på tvärbromsning och husdjursmord hade gjort att vi längtade efter att äta stekt gås. Gärna fylld med äpplen, som vi inte undvikit på samma framgångsrika sätt som gässen. Vi ritade en gås och försökte med gester visa vad vi önskade äta. Jag tror att hela denna teateruppvisning resulterade i att vi fick en schnitzel som inte haft fjädrar. Innan den var uppäten hade vi fått kontakt med ett gäng ungdomar som visade stort intresse för oss och för livet utanför kommunistblocket.

Detta var hösten 1967, upptakten till Pragvåren 1968. Dubjeck hade kommit till makten och en mänskligare mindre totalitär socialism var under utveckling i landet. Frihetens vindar hade svept in och redan gjort att ungdomar och regimkritiker vågade tala öppet med främlingar. Med viss berusning av gott vin lyckades vi bli överens om det mesta i politiska frågor och bli eniga om samexistens och om hur vi skulle lösa Europas och Världens problem. Vi skålade, pratade och sjöng, till och med på gatorna i staden senare under kvällen. Det var himla synd att Sovjetledaren Brechnjev inte var med den kvällen. Då hade världen sett annorlunda ut. Då skulle inte sovjetiska stridsvagnar har rullat in i Prag ett knappt år senare i augusti 1968. I samband med det fick vi veta att det fredsälskande folket mellan sovjetgränsen och Prag, kanske här i Ruzomberok, hade vänt vägskyltarna fel för att inte de ryska trupperna skulle hitta rätt väg. Detta drabbade i stället oss under många felkörningar framöver och inte minst under denna natt när vi i berusat tillstånd tog oss ut till vår äng med den slingrande bäcken.

Ukraina (Sovjet)

Gränsövergången tog tid, dels på grund av alla papper som skulle visas eller fyllas i, dels för att vi förlorade två timmar från Centraleuropeisk tid till Moskvatid. Nu skulle vår Carnet fram, Carnet de Passages en Douane. Det är ett omfattande dokument angående bilen. Det krävdes då i Sovjet men också i Iran, Afghanistan, Pakistan och Indien. Carnet är en säkerhetsåtgärd om något skulle hända bilen eller om man säljer bilen eller om den blir stulen och så vidare. Vi hade satt in motsvarande bilens värde på ett konto i Sverige knutet till vår Carnet. Dessa pengar som Lotta fixat i Visby via en inteckning i familjens hus skulle betalas ut i det fall man hade stämplat in i ett land men ej stämplat ut. Eller hur det nu var?

In i Ukraina som vi knappast inte såg som något annat än en del av Ryssland. Vi visste inget annat än att det var en Sovjetrepublik och kunde då inte i vår vildaste fantasi föreställa oss att det skulle vara en självständig stat 25 år senare och så småningom vara i krig med Ryssland.

Vi skumpade fram i ett berglandskap med små karpater även här. Fantastiskt vackert med alpängar, tall- och granskog, grå timrade hus och små ortodoxa kyrkor i trä. På vägarna var det oxar och hästvagnar samt en mängd grågröna illaluktande lastbilar med stora siffror på. Vad de hade i tanken kan man undra för avgaserna var svarta och blå. Vår bil som också fått i sig sovjetisk bensin började hacka i uppförsbackarna och det pruttade ur avgasröret med dova smällar i nedförsbackarna. Vi tog varsin dumleklubba och efter ett tag försvann symptomen. Kanske skit i förgasaren trodde vi. En medresenär med kontrollbehov eller ängslan hade inte passat in i sällskapet. Vi tre i framsätet med kepsar i gult och blått passade in väldigt bra.

Ibland behövde vi uträtta behov i naturen. Inga problem här bakom någon buske i förhållande till senare då det inte var så lätt i ett platt ökenlandskap utan vegetation. Toalettpapper hade vi med oss för 4 månader. I Lund hade vi noggrant mätt upp veckoförbrukningen och räknat med att diarré och förstoppning skulle jämna ut sig. Alla dessa pappersrullar förvarades lite här och där, under baksätet, i ägglådan och under reservhjulet bak. Vi hade även sådant fram på bilens front. Vad beträffar övrig hygien hade det ännu inte blivit ett akut problem. Vi tvättade oss i bäckar och små forsar och passade då också på att tvätta underkläder och picknickservis med mera. Långt senare fick vi en vana att sköta hygienen och våra kläder i toalettutrymmen på Intercontinental Hotell.

Den av expeditionsdeltagarna som skrev dagens avsnitt i den gemensamma resedagboken var befriad från disk och tvätt. Ibland skrevs dagens rapport i kvällsmörkret med en ficklampa eller vid frukosten dagen därpå. Vägen från Lund till Bombay var så skumpig att det inte gick att skriva i bilen under gång.

Fram emot kvällen kom vi till Lvov som det heter på ryska. Nu heter det Lviv på ukrainska och förut hette det Lwów på polska och Lemberg på tyska och svenska. Av detta förstår man att här har historien härjat omkring. Här inrättades ett judiskt getto av nazisterna 1941 till 1943. 120 000 polska judar likviderades i dåvarande Lemberg.

Staden hade på sextiotalet några 100 000 invånare som alla tycktes vara ute på landsvägen och på gatorna i skymningen. I detta virrvarr utan GPS och med en karta som sannolikt tog upp hela resan på ett kartblad så var det inte så lätt att hitta fram till den campingplats som vi skulle ta in på. Våra övernattningsställen i Sovjet var angivna i bilaga till vårt visum.

Man vill inte ha västerländska resenärer irrande omkring var som helst. Första natten var vi väldigt lydiga på den punkten men det blev sämre med den saken senare.

Vi slog upp vårt lilla tält och drog en lina till närmaste träd, hängde upp den tvätt vi klappat på stenarna i en bäck vid lunchen. På morgonen var allt borta. Här gällde det att hålla i prylarna. Och inte hjälpte vårt billarm mot sådant. Detta bestod av en konstruktion innanför främre kofångaren med en tryck-knapp för att slå på och av. På något sätt var det kopplat till tutan. Men knappen var ett feltänk, för man kunde inte se om larmet var på eller av. Ibland tryckte vi två gånger innan vi lämnade bilen och då hade tjuvarna fritt fram. Ibland glömde vi trycka av då vi återvände och då tjöt tutan. Larmprylen stals så småningom och det var bäst så. Det jag starkast minst från Lvov´s camping var raden av toaletter med hål i golvet. Framför båsen fanns endast så kallade saloondörrar vilka dolde ansiktet på den som satt på hålet men inte resten. Den som reser får se.

Under ytterligare tre dagar drog vi fram över den ukrainska slätten med raka, dåligt asfalterade vägar i ett enahanda landskap med poppelalléer längs vägen och där bakom vetefält så långt ögat kunde nå. Detta var sovjets kornbod som dock aldrig lyckades komma upp till planekonomins mål. Här och var skymtade vi en by med grå trähus eller vita kalkade stugor med vasstak. Här och var kunde det dyka upp en liten kulle med träd eller en ankdamm med förmodligen det som senare på menyn skulle heta Kiev-kyckling. Vi körde och körde. Vi passerade många stora och små floder och tänkte på våra förfäder vikingarna som dragit fram här mot Svarta havet och Konstantinopel. De gick in i flodmynningarna vid Östersjön och tog sig upp mot kontinentens vattendelare. Där floden inte längre var farbar med båt drog man upp farkosten på land och släpade eller rullade den på stockar till källorna av de bifloder och floder som sedan tog dem söderut. Vi passerade Dnjepr, Dnestr med flera. Sedan också Don men aldrig Volga som tog oss nordbor till Kaspiska havet.

Vi försökte hitta och hinna fram till rätta campingplatser. Vi noterade att vi hela tiden var observerade för ibland blev vi stannade av någon ryss som påstod att vi var sena. Lastbilarna hindrade oss från att komma fram fort. Dessutom körde vi en del fel när vi gjorde små förbjudna avstickare och så hade vi ju våra måltider med den utbredda flaggan i gräset bland träden närmast vägen. Förmodligen var vi på så sätt inte bara observerade av ryska KGB utan också av det amerikanska spaningsplanet U2.

En gång hamnade vi riktigt fel och verkade befinna oss i en artilleriövning. Det var inte långt ifrån Poltava som vi bestämde oss för att vi absolut måste se. På samma sätt som angående franska Michelinguidens stjärnrestauranger var det värt en omväg. Här hade de svenska soldaternas blod färgat marken röd. Inte på samma sätt som alla de små röda sovjetiska flaggor som prydde lastbilarna eller de små röda scarfsen som skolbarn bar kring halsen. Den röda färgen fanns också på huvudbyggnaden på Kievs universitet. Vi frågade oss fram på något språk till det slagfält där Karl XII hade förlorat en stor del av sin arme. Det visade sig ligga en bit utanför staden där man kunde skönja många små kullar och ojämnheter som man med livlig fantasi kunde föreställa sig vara ärr i naturen efter katastrofen. De i den svenska armén som klarade sig undan med livet i behåll däribland kungen själv drog söderut och simmade över kalla strida floder för att nå Bender som då tillhörde det ottomanska väldet men som idag ligger i Moldavien. Vi lyckades få bensin-stopp på Poltavas bakgator och blev därför sannolikt regist-rerade av våra övervakare. De måste ha tänkt flera gånger att nu är de där vimsiga västerlänningarna ute på fel väg igen.

Vad snokar de efter nu?

Kiev, Ukrainas huvudstad vid floden Dnjepr, är en europeisk metropol som påminde om Paris och Wien. Vackert men lite ruffigt och i behov av renovering. Förmodligen bodde det nu många familjer i samma lägenhet i de pampiga patricierhusen. Universitetet som jag nämnt förut var bastant fyrkantigt och rött. Vi tog oss in där. Vi var ju på studieresa. I entréhallen fanns en stor anslagstavla i mörk sammet. På den var uppsatt foto på den elev som var bäst i månaden eller året. Under elevfotot fanns foto på föräldrar, morföräldrar samt farföräldrar. Således hela stamtavlan på den som förmodligen med vetenskap skulle göra Sovjet starkare i kapprustningen under det kalla kriget. De tvivlande kommunisterna hamnade nog inte på den tavlan.

Vi var också i Ukrainas andra storstad Charkov, numera Chirkov, längre österut över oändliga slätter. Denna stad ligger nu nära den del av östra Ukraina där det försiggår ett lågintensivt krig i Donetskområdet. Ryssland vill inofficiellt annektera denna landsdel, förmodligen på samma sätt som man har tagit över Krim. Detta var ännu historia som låg långt fram i tiden.

En av kvällarna, förmodligen i Charkov, var vi på fin restaurang med kristallkronor och dansmusik. Vi var inte förberedda på detta och vår klädstil bröt djärvt mot ryssarnas. Gympaskor och jeans eller jeanskjol och skit under naglarna. Vid bordet intill satt en dockliknande fet ukrainska eller rysk dam iförd en kreation som såg ut som en pralinförpackning. Hennes lilla ädelstensbesatta klocka låg djupt inbäddad i det bleka fettet runt hennes handled. Jag tror att hon hade rosetter i håret och på skorna. Hon dansade som ett mellanting mellan Glada Änkan och den Döende Svanen. Inte olik damen i Maupassants Fettpärlan. Lotta och Elisabeth ville absolut att jag skulle bjuda upp henne och ville slå vad mot ersättning i frukostbröd eller vodka. Det senare var det minsta vid saknade. Vi hade beställt in varsin snaps, men det som kom in var varsin karaff med Vodka. Till detta åt vi blini med rysk kaviar och sedan blev det nog den efterlängtade ankan. Berusningen tilltog vid vårt bord och i än högre grad vid borden omkring och den sofistikerade nyktra dansen övergick så småningom i någonting mellan kosackdans och jänka. Hur Lotta och Elisabeth klarade sig utan skador kommer jag inte ihåg. Inte heller hur vi tog oss ut till campingplatsen och nattvilan inför vår fortsatta färd som upptäcktsresande i österled. Snart väntade stäpperna och lössjordarna som man läst om i skolgeografin.

Ryssland

Vi var på väg mot Rostov vid Don, den kil av sovjetrepubliken Ryssland som når ner till Svarta havet mellan Ukraina, Abchazien och Georgien. Ryssland sträcker sig ner till Azovska sjön som är en avsnörd del av havet och Krimhalvön. Den ryska kusten mot Svarta havet fortsätter ner söderut mot Sotji, som jag återkommer till.

Vi tältade vid Don´s strand helt olagligt och där åt vi kokta kräftor som vi köpte i en kiosk på gatan ihop med kvash, som är en blandning av öl och sockerdricka. Vi träffade på ryssar som absolut ville prata med oss. Alla var vänliga och till och med så förtjusta att en flicka tog av sin guldring och gav till Lotta för att hon skulle bli ihågkommen. Och det blev hon. Många förhörde sig om vad vi var för resenärer och varför vi var i Ryssland. Det var svårt med språket. Egentligen kunde vi bara ja och nej, "tre öl" och "det är för dyrt". Dock lyckades vi med hjälp av gester varje gång få ihop en historia. Vi berättade bland annat att vi var syskon men det tvivlade de på när vi uppgav att vi var 23 år alla tre. Någon gång via ja och nej blev resultatet att vi kom från en cirkusfamilj och var på turné. Tack och lov behövde vi inte visa upp något akrobatnummer.

Jag fick redan nu, och sedan ännu mer i Asien, spela rollen som storebror med ansvar för mina systrar, inte minst när det började röra sig om frieri.

Resterna av kräftorna kastade vi i Don som verkligen flöt stilla och inte såg inbjudande ut att hoppa i. Vi skulle vidare söderut mot kusten. Vi skulle passera den stora kröken där vägen böjde av vid Krasnodar. Den skarpa kurvan hade vi noterat på vår karta och det var ett hägrande mål. Havet till höger och i fjärran till vänster började Kaukasus torna upp sig. Svarta havets vindar och subtropiska dofter och ljud av cikador omgav oss. Vi stannade vid vägen och där strax intill satt en gumma och sålde röda bär som såg ut som något mellanting av körsbär och nypon. Oklart vad det var men hon påstod med bestämdhet att de var ätliga och det var de. För säkerhets skull lade vi in dem i vin eller vodka innan de så småningom blev drinktilltugg.

Någonstans tog vi vårt första dopp i havet. Härligt men farligt med tanke på de enormt feta ryskorna i minimala, sannolikt hemstickade, bikinis som drev upp svallvågor värre än en tsunami. En våg slog Elisabeths axel ur led med svår smärta, men två teoretiskt kunniga medresenärer fick den rätt igen.

Söderut mot Sotji, sedermera hemvist för vinterolympiaden långt senare. Här var det palmer och ståtliga datjor för den politiska eliten. Exotiska växter och snö på Kaukasus där ovanför. Skidor och varma svartahavsbad på en gång. Det förra var inget för oss. Det var svårt att som västerlänning ta sig in på de genuina restaurangerna med ryssar och omöjligt att hitta den campingplats som vi borde ta in på. Så småningom hamnade vi på det ljusrosa Intertourist-hotellet och det var inte fel. Rysk champagne på terrassen mot havet i en stund då vi tyckte att vi var väldigt rika och på kvällen en brakmiddag i stora flotta restaurangen med välbeställda ryssar som försåg oss med alldeles för mycket vodka, rysk konjak och floder av gott grusiskt vin, det vill säga torrt vin från vinodlingarna i Georgien.

Ja dessa ryssar, så glada, så gentila och så gränslösa. De verkade dessutom ha massor av pengar. Sannolikt tvingades vi från västvärlden växla rubel till en kurs som inte stämde med det egentliga värdet. Vi tyckte att allt var dyrt. Inte minst frukt och grönsaker. Det enda billiga vi hade hittat var majskolvar, som dock var så hårda att de måste koka i 2 timmar för att bli ätbara. Sannolikt var de ämnade för kor och grisar.

Vi kunde förstås inte ta oss från hotellet per bil den natten och dessutom hade vi ju inte hittat campingplatsen. Efter en sluddrig konversation på ryska i hotellreceptionen fick vi tillåtelse att sova i vår bil på hotellparkeringen. Så bra tyckte vi och fällde upp vår planka efter att ha gjort kvällstoaletten på ett ovanligt tjusigt ställe.

Dagen efter var det tur på vindlande vägar bland herdar och getter upp i Kaukasus för att bese den mångomtalade vackra Ritzasjön högt där uppe vid trädgränsen. Det är alltid dubbelbottnat att uppleva något som man vet är vackert och berömt. Överraskningsmomentet uteblev men visst var den gnistrande gröna sjön bland bergstopparna vacker. I alla fall när vi senare tittade på våra diabilder. Den natten bodde vi återigen i bilen, nu på Svarta havets strand vid Sukhumi. Förmodligen hade vi passerat gränsen till Georgien som heter Grusien på ort och ställe. Nu borde väl KGB ha tappat bort oss?

Georgien

Vi tar vägen rakt österut, nu söder om bergskedjans högsta toppar. Här möter ett fantastiskt vackert landskap med jordbruk och vinodlingar. Många kristna kyrkobyggnader ser vi och hamnar så småningom i en liten vit kyrka med svart tak och en liten lökkupol. Den hänger ihop med någon form av kloster varifrån små pliriga nunnor med skitiga dok håller koll på oss. De verkar tro att vi är mer andliga än vad vi ger sken av, och kramar om oss och lovar att be för oss när de förstår att vi är långt från våra nära och kära. Kanske hjälpte just deras böner oss att ta oss vidare i Orienten på ännu inte medvetna äventyrligheter. Nunnorna, eller var det möjligen också någon präst, gav oss rikligt med närande oblat i form av små stenhårda bullar som gav variation till våra ganska påvra frukostar. Det blev nattkörning med fullmåne och lyckokänsla i bredd i framsätet. Vi var på väg till Georgiens huvudstad Tbilisi eller Tiflis med svensk-tyskt uttal.

Ännu en stor stad som gav ett europeiskt intryck med vackra hus och lite fransk air. När vi frågade om vägen stötte vi på en gammal dam som pratade franska och senare vänliga människor som talade tyska eller till och med engelska. Så också hos myndigheterna där vi under tre dagar blev förhörda på olika språk angående våra göranden och inte göranden under vår sovjetiska odyssé. Vi var nämligen tvungna att uppsöka diverse kontor för att förhöra oss angående vår förestående tågresa, för oss och för bilen till Iran, dit vi inte var tillåtna att ta oss för egen maskin. Vi hade redan beställt och betalt den resan hemma i Sverige, så nu gällde det bara att ta reda på hur, när och var. Herregud, nu körde det ihop sig! Vi måste stanna en vecka i Tbilisi, dels för att vårt tåg inte skulle avgå förrän någon gång i framtiden, dels för att myndigheterna behövde undersöka oss närmare vad beträffar våra förehavande längs vår route i Sovjet. Vi hade ju inte sovit där vi skulle, vi hade tagit andra vägar, vi hade betett oss misstänkt, inte minst genom att veckla ut en stor flagga två gånger per dag i naturen. Dessutom hade vi inte hållit det tidsschema som stod inskrivet i vårt visum.

Efter första kontakten med den sovjetiska byråkratin drog vi oss tillbaka till godkänd campingplats och lugnade ner oss med en dumleklubba och en flaska champanski. Medan vi slickade våra sår dök Alex upp. Han var engelsktalande guide som skulle ta hand om oss under vår tid i Tbilisi. Sannolikt var han spion förutom att han var väldigt trevlig, hjälpsam, lättpratad och allmänt tillgiven. Dessutom tyckte han om att dricka vin och vodka med oss. Detta förmodligen för att observera våra avsikter och åsikter när tungan lossnade. Vi hade det väldigt trevligt med Alex och en vän han tog med sig samt också med en rödhårig australiensare som hette Tom och som bodde på samma campingplats. Förutom vår personliga guide blev vi tilldelade en campingstuga gratis med plåtväggar och tre järnsängar. En sådan lyx. Fullständigt oskuldsfulla och oskyldiga anade vi inte att det förmodligen fanns avlyssnings-mikrofoner i den lilla stugan. Den som lyssnade på vår konversation, eller när vi av och till ibland våra nyvunna vänner sjöng svenska sånger däribland "Så bister kall sveper nordanvinden", måste göra bedömningen att vi var väldigt slipade underrättelseagenter från någon ännu okänd främmande makt eller att vi var fullständigt galna och blivit utvisade från vårt fosterland.

Ibland rymde vi från Alex. Dels besteg vi ett berg utanför staden med en kyrka på toppen, dels var vi på en tennismatch där en svenska spelade. Där i gruset, bland tusentals åskådare, tappade Lotta en av sina linser. På den tiden var ögonlinser dyrt och exklusivt och därför ej så lätt att ersätta om man förlorade en sådan liten pryl. Lotta hade bara ett par spruckna solglasögon som ombyte. Elisabeth och jag sållade sand, grus och berggrunden på jakt efter linsen. Lotta, som inte såg, var inte så stor hjälp. Vi hittade den livsviktiga lilla genomskinliga saken så småningom men det var inte sista gången detta spektakel ägde rum. Vår kära syster lyckades tappa en lins flera gånger. Bland annat i en kaktus i Afghanistan. Stackars Alex. Vad har det blivit av honom och vad minns han om våra trevliga dagar tillsammans? Vad rapporterade han och gav det någon skjuts på hans karriär? Ibland kändes det kalla kriget väldigt varmt och vänligt.

Det blev ett äventyr att sätta vår bil på vagnen till ett godståg med allt dess innehåll. När det väl var gjort efter många förseningar och motstridiga order, så hamnade vi i järnvägsstationens kantin bland runda goda gummor som skålade för Stalin. Han kom från Georgien och älskades fortfarande här. Under eftermiddagen lyckades de babusjkaliknande damerna fylla oss med hembränd grusisk vodka som kallades "Chacha". Den gjorde att synen förvrängdes och hjärnan försattes i koma, men hjärtat växte av kärlek och internationell förståelse. Efter många turer hamnade vi också så småningom på tåget efter att dels hamnat på en polisstation, dels i staden träffat på en figur från svenska Cirkus Scott. Han hade cowboyhatt och var förmodligen en variant av rosa elefanter eller något Korsakoffs symtom.

Armenien

Tåget söderut mot Armeniens huvudstad Jerevan. Huvudvärken dunkade i takt med järnvägsrälsen och när vi inte sov tittade vi ut på ett fantastiskt landskap med det snötäckta Ararat i fjärran bortom den turkiska gränsen eller rättare sagt bortom gränsen till det turkiska Armenien. Där strandade Noaks ark och där passerade vi. Det såg ut som en hägring, inte olik Kilimanjaro. Järnvägen slingrade fram i ett kuperat landskap med grönsaks- och fruktodlingar. Överallt människor i färgglada kläder, långt ifrån de svarta skynken vi skulle se på fälten på andra sidan den persiska gränsen.

Det blev några timmars stopp i Jerevan under eftermiddagen. Officiellt skulle man tvätta tåget, men enligt en viskande man var det för att se till att det inte fanns sovjetiska flyktingar under tåget eller gömslen med förbjudna dokument eller nationella hemligheter. Vi besåg Jerevan. Mycket stalinistisk med post-revolutionär arkitektur. Armenierna, nästan de första kristna i världen, var fångna i sitt eget land innanför Sovjets gräns och utan kommunikation med sina landsmän på andra sidan gränsen. I ett litet undanskymt hörn av järnvägsstationen pratade vi med viskande röster med en armenier som påstod att han var fånge i sin stad. För att åka från Jerevan måste han uppvisa inrikespass och förklara anledningen till resan. Vi, liksom han, kände oss som om vi var inspärrade i en ficka av ofrihet djupt där nere i det Sovjet som bestod av så många nationaliteter i Kaukasus och söder därom. Armenien, Georgien och Azerbaijan blev fria stater efter 1990 men Tjetjenien, Dagestan, Abchazien, Ossetien med flera blev kvar i Storryssland. Det fanns inbyggda nationella och etniska och religiösa konflikter under ytan. Vi var på väg till det muslimska Azerbajdzjan och enklaven NagornoKarabakh, ett kristen armeniskt landområde i det mohammedanska landet. Tåget tuffade på mot söder och både vi och bilen var ombord fastän på olika vagnar.

Azerbaijan

Vi var nu inne i ytterligare en liten ficka längst ner i botten av Sovjetunionen. Vi närmade oss Djulfa, en enklav som NagornoKarabakh. Det var gränssamhället mot Iran som förut hette Persien och hade en lång intressant historia. Där talade man farsi. Bokstäverna var helt annorlunda och man läste från höger. Det huvudsakliga samhället låg på den iranska sidan av gränsen. För att komma dit måste vi passera en ytterst välbevakad skiljelinje. Här gick det inte att lattja runt eller ägna sig åt civil olydnad eller försöka rymma över gränsen på eget bevåg. Det var taggtråd, dubbla järnvägsgrindar, krattad sand däremellan, och säkert en hel del minor under sanden, samt gott om soldater med k-pist. De senare genomsökte minutiöst alla kupéer och resenärer. De vände ut och in på det mesta och sedan blev vi beordrade att stiga av tåget och följa med de uniformerade stenansiktena bort över järnvägsspåren. Vad skulle hända nu? Till Sibirien för att gå politisk korrektionskurs? Nej då. Vi skulle gå till vår bil Folke, som stod fastbunden på en öppen godsvagn en bit bort.

Nu skulle alla våra ägodelar, utrustning, pick och pack gås igenom. Det tog minst två timmar. Vad vi förstod så letade de framför allt efter manuskript eller motsvarande som kunde upp-daga bristerna i det kommunistiska idealsamhället. Vi var rädda att de skulle rulla ut alla våra toalettpappersrullar eller vända ut och in på alla påsar med pulvermat från Blå Band.

De var förstås mycket nyfikna på våra böcker. Där ibland min patologilärobok som jag hade för avsikt att ta del av innan vi återvände till vårterminen i Lund. De letade också efter vapen men sådant hade vi ännu inte. Sedermera inköpte jag en lång grov kniv i Iran och ett antikt gevär i Afghanistan. Tulltjänste-männen var riktigt på bettet och drog bland annat sönder bilens filttak för att leta efter dolda bevis på otillåten smuggling. Alla våra expeditionsartiklar från Försvarets Överskottslager i Kävlinge blev föremål för inspektion och likaså förstås alla papper på bilen inklusive vår Carnet. Vi hade ett inslaget paket vars innehåll vi inte kände till. Det var en present från en kurskamrat Lilian i Lund till en familj i New Delhi. Tack och lov innehöll det inget av intresse.

Vår reservdelslåda, som innehöll för oss fullständigt obegripliga prylar, blev också utsatt för genomgång. Den enda gången vi använde något ur den lådan var när vi gjorde en adventsljusstake av kullagren någonstans i Indien. Min lilla grå plastiga transistorradio som vi kallade "lille John" hade för länge sedan slutat fungera men blev föremål för intresse. Den byttes sedermera utanför Taj Mahal i Agra mot några marmortallrikar med ädelstensinläggningar. Vätskorna var man också intresserad av. Vi hade 40 liter reservbensin, vattendunkar med försvarets vattenreningstabletter, bromsolja, motorolja, fotogen till lampa och kök och Lottas sterila vatten för ögonlinserna. Det fanns också ett litet lager av rysk champagne.

Vi klarade av kontrollerna och fick återvända till vår kupé där medresenärerna såg lättade ut men samtidigt tyngda av det långa uppehållet mitt i det ökenliknande heta landskapet mitt på dagen. Grindarna öppnades, soldaterna lämnade tåget och vi gled över gränslinjen. Längre fram på eftermiddagen kom även vår vackra kommunalgrå bil, med de rödrutiga gardinerna, tuffande på en väg ut ur de sovjetiska folkrepublikerna.

Iran

Vi fastnade i iranska Djulfa över natten på ett enkelt värdshus med en del inhemska figurer. En man som såg ut som en krigsherre eller klanledare tog mig avsides och varnade mig för att ge mig ut på den iranska landsbygden utan skydd eller beväpning med två flickor. Han trodde att det kunde gå illa. Jag berättade inte om detta samtal för mina expeditionsvänner förrän långt senare. Lika bra att inte hetsa upp oss alla.

Nästa dag slog hela Orienten emot oss som den kulturchock det var. Massor av människor kring bilen, närgångna barn, kvinnor insvepta i svarta skynken och män till häst eller åsna. Landskapet var öppet och nästan trädlöst och såg sönderbränt ut. Vi såg att man i byarna tröskade säden med slaga. Hundar och getter fanns överallt och massor av frukt och grönsaker. Vi gjorde stora inköp för nästan ingenting och slog oss ner i en liten träddunge för att avnjuta lunch på vår stora flagga som inte ryssarna beslagtagit.

Den pastorala känslan vid måltiden bland träden förstärktes ytterligare av sång och visslingar bakom trädstammarna. Det visade sig så småningom vara soldater från en militärpostering. Vi var ju inte så långt från den sovjetiska gränsen. Soldaterna bjöd in oss till sin koja i en liten dold ravin. Där blev vi snabbt bekanta och de sjöng och framförde danser av exotiskt slag. Efter ett tag högg vi in med "*Så bister kall sveper nordanvinden....*" och allt var frid och fröjd tills flickorna absolut måste gå på toaletten som inte fanns. De försökte smita ut i buskarna men blev ledsagade av soldaterna, i all välmening och dessutom blev de hindrade i sina förehavanden av en jättestor ilsken kalkon. Allt avlöpte väl och vi övertalades att stanna kvar till deras middag skulle anlända. Vi delade den med dem. Det var ris med enstaka fårslamsor samt varsin flaska av läskedrycken Canada Dry. Detta var den blandning av genuint persisk och amerikansk samhällsinfiltration som vi skulle se många exempel på i Shahens Iran. Förmodligen var det en pusselbit i den utveckling som så småningom ledde till regimens fall och den islamiska revolutionen med ayatollornas maktövertagande.

Om man som jag var uppväxt med Svensk Damtidning och läst om Reza Shah Pahlavi i Hänt i Veckan-stil och om hans drottning Soraya och Farah Diba så var man fullständigt ovetande om den diktatur med stöd från USA som härskade i landet. Det fanns en grym säkerhetspolis, underrättelsetjänst och många oliktänkande i landets fängelser. Det som nu var på gång i landet var den förestående kröningen av Shahen och hans drottning. De skulle upphöjas till kejsare och kejsarinna. Oljepengar betalade kalaset medan landets befolkning led av fattigdom och korruption. Massiva äreportar var under uppbyggnad vid infarten till byar och städer för att hedra makten. Detta såg vi men visste väldigt lite om iransk inrikespolitik och de religiösa och etniska konflikter som pyrde under ytan. Svensk Damtidning fortsatte att glorifiera Shahen och därför sannolikt beredde väg för den kommande omvälvningen. Den tillträdande ledaren Ayatolla Khomeini satt i sin exklusiva våning i Paris och väntade på sin tid. Nu sitter fortfarande drottning Farah Diba inte långt därifrån i samma stad och ser tillbaka på det som gick snett. Blev det bättre för det iranska folket månntro?

Våra soldatkompisar tog snart adjö av oss om vi bara lovade att hälsa på någons familj i Tabriz dagen därpå samt om det var möjligt att senare skicka ett "motorskelett", det vill säga en motorcykel från Sverige. Gärna också något hårschampo mot skallighet. Vi lovade förstås det.

Nu var vi på väg till storstaden Tabriz. För att gå händelserna i förväg så besökte vi faktiskt en av soldaternas familj dagen efter. De bodde i något som från gatan såg ut som en lerhög, men när man väl kommit innanför murarna fann man en exotisk trädgård med växter och fruktträd. Därifrån ledde dörrar in till ett persiskt hem med mattor, sovplatser, husgeråd och beslöjade kvinnor. Lotta och Elisabeth fick titta på deras ansikten men inte jag. Däremot fick jag tittar på mycket annat när de drog upp sina klädnader för att amma.

Vi kom in i Tabriz fram emot kvällen. Skrämmande mycket människor som slöt upp kring bilen så snart vi tvekade om vägen eller stannade. Var skulle vi kunna slå upp något natt-läger? Det var inte längre tal om trygga sovjetiska camping-platser eller några måsten. Av någon anledning, som jag ej kommer ihåg, så hamnade vi så småningom utanför amerikanska konsulatet. Vi såg en trädgård innanför den bastanta grinden och ringde på. Vi blev väldigt vänligt bemötta och fick ställa upp vår Folkabuss intill swimmingpoolen. Vi fladdrade som en fjäril i vinden i den internationella storpolitiken. Vi bytte ut Sovjet mot USA utan att tveka just när skymningen sänkte sig och Orientens myller kändes lite osäkert att sova i.

På morgonen blev vi inbjudna på frukost hos konsuln och hans fru. De tyckte att vår resa var spännande och fick säkert sig serverade lite nyttig information från Sovjet medan vi blev serverade en härlig amerikansk frukost utan några hårda oblatbullar. Man undrade om KGB visste att vi satt på amerikanska konsulatet och pratade bredvid mun. Våra värdar upplyste oss om lämplig färdrutt och lämpliga säkerhetsåtgärder. De talade om att det fanns mycket hippies i Afghanistan. Vi hade aldrig hört ordet och var övertygade om att det rörde sig om gräshoppor. Så inte. Det var västerländska ungdomar som drog fram på vägarna med ryggsäck och blommiga kläder eller broderade mockapälsar och tovigt hår. Det var en knarkande församling som försökte göra en djupdykning i den orientaliska mystiken med hjälp av droger, suggestiv musik och tiggeri. Vi var nog inte några hippies men något hade vi nog gemensamt.

Med många goda råd i bagaget begav vi oss så småningom åter ut på landsbygden i riktning mot Kaspiska havet. Landskapet var kargt och bergigt. Vi var på väg upp i bergskedjan Elburs utlöpare och under eftermiddagen klättrade vi uppåt på urusla vägar med stora hål och ibland kapsejsade broar över små floder. Många getter utan trafikvett. Alla människor var vänliga och nyfikna och uppfattade oss sannolikt som mycket exotiska.

Efter en het dag började kvällskylan tränga på. Var skulle vi slå läger? Så småningom hamnade vi på en stenig åker där vi stannade och gömde oss med släckta lampor inne i bilens trygghet. Hur det såg ut omkring oss fick vi inte reda på förrän morgonen därpå. När det ljusnade noterade vi förvånat att det inte var långt till snöklädda berg. Det var kallt. Vi tände vårt spritkök och värmde vatten för te och intog lite oblat. Då dök det upp en soldat från ingenstans och gjorde oss sällskap. Han visade upp en orm som man hade fångat. Han uppskattade den varma drycken. Var han kom ifrån vet vi inte, men vi var ju på väg mot Astara vid Kaspiska havet nära den ryska gränsen. Tidigt på morgonen körde vi genom små byar med full aktivitet. Rök från eldar, dimma, solstrålar och fullt med folk, oxar, getter och hundar. Vi hade ju hört mycket ylande på natten från vad vi trodde var hundar men vår frukostsoldat berättade att det var vargar. Vi var verkligen på expedition.

Den sladdriga grusvägen med hårnålskurvor började bära utför i dimman. Efter mycket krängande hit och dit skingrades dimman, som nog snarare var moln och djupt där nere kunde vi för första gången se Kaspiska havet. Under några kilometers brant utförsåkning från kargt bergslandskap nådde vi ner till subtropiskt klimat med tät vegetation och hus med vasstak på stolpar. Överallt folk och barn i färgglada kläder. Inga svarta skynken eller lerhus. Barnen var anmärkningsvärt blonda och blåögda. Kan vikingarna varit här och spritt sitt DNA. Inte otroligt. Många tog sig in i Volgas nordligaste bifloder norr om Moskva och hamnade så småningom i Kaspiska havet. Och då, varför inte sprida sin skandinaviska säd här vid havets södra strand. Där stod vi nu. Vuxna och skolbarn från närmaste by flanerade förbi och förundrades över denna lilla konstiga skara i den grå bilen med de rutiga gardinerna. Vi beslöt att stanna där på stranden över natten.

Innan mörkret föll och vågorna från havet nästan nådde fram till bilen upptäckte vi att det rann en tjock blå eller oljeliknande vätska ut från ena bakhjulet. Vi tog en dumleklubba och gjorde en djupdykning i den medhavda "Sold i Motor" från terräng-regementet i Hässleholm. Där hade jag gjort några månaders värnplikt under sommaren och tillskansat mig en del expedi-tionsutrustning. Vi diagnostiserade bilens illavarslande symtom till att det sannolikt rörde sig om bromsolja från något läckage. Vi kom fram till att det inte fanns något i vår reservdelslåda som kunde stoppa flödet och än mindre bota skadan.

Nu stod vi här på stranden, mörkret föll, Kaspiska havet dånade och molnen for i galopp över kvällshimlen. Alla i byn visste att vi stod där, så situationen bedömdes vara något prekär. Det blev lite rysk champagne i fotogenlampan sken inne i bilen. När vi skulle ut och sköta våra kvällsprocedurer inför natten så kändes det så hotfullt att jag satt i dörröppningen med kniv och ficklampa medan damerna förrättade sina behov inom försvarsavstånd.

Allt avlöpte väl och på morgonen tog vi oss med blödande bakhjul till staden Bandar el Pahlevi. Där fick vi hjälp på en byverkstad som förstod mycket mer än vad vi hade förstått av våra studier i den svenska Försvarsmaktens instruktionsbok.

Detta var långt före mobiler, internet, Google och appar. Det var också långt innan möjlighet till telefonförbindelser, sms eller email hem till våra vänner och familjer i Sverige. Därför skrev vi brev och dessa brev började alltid med "Nu sitter vi på en verkstad...". Det gjorde vi alltså här mellan bergskedjan och havet där det förmodligen är dålig mobiltäckning 50 år senare. Hur lugnade blev de där hemma när breven nådde fram tre veckor senare? Nu var det den 1 oktober.

Efter det att läckaget åtgärdats styrde vi genom berg och dal söderut mot Teheran. Där hade vi bekantas bekanta, Barbro och Olof Wiström, som arbetade för någon biståndsorganisation eller FN. De hade en god vän som vi gjorde utflykt tillsammans med i bergen. Han jobbade för en organisation som hette Internationell Understanding, om jag inte minns fel. Det verkar inte ha burit frukt med tanke på Irans historia och det kommande, och nu passerade, halva seklet. Familjen Wiström bodde i en villa i de välbeställda kvarteren i norra Teheran. Swimmingpool fanns, veranda med jalusier och behaglig skugga samt tjänstefolk som fixade det praktiska, inklusive vår smutstvätt. Under våra Tehrandagar besåg vi basarer och kulturella sevärdheter, gjorde utflykter i familjens bil upp i bergen samt söderut till den heliga staden Qom där Shahfamiljen hade mausoleum och moskéerna stod tätt. Vår kära bil Folke fick vila några dagar.

Vi blev inbjudna till den svenska ambassaden en eftermiddag på te med scones och svenska skorpor med svensk hemgjord sylt. En vän som var studentsångare i Lund hade skrivit brev till Herr Ambassadören angående vår förväntade ankomst. Denne storvuxne representant för Sverige hade själv varit aktiv i studentkören, så kontakten fungerade bra.

Inför mottagningen på ambassaden hade vi öppnat vår lilla vita finresväska där det förvarades varsin klänning till flickorna och en cheviotkostym med pepitarutor till mig. Vi klädde upp oss som aldrig förr och en lånad sjal kunde dölja insektsbetten, kanske loppor på mina resekompisar. Madame ambassadrisen var en social talang och lyckades presentera oss för halva den svenska eller skandinaviska kolonin i Iran samt ge oss fritt utlopp att berätta om våra öden och äventyr. Även här pratade man om hippies och vi pendlade mellan slutledningar om vi skulle möta några sådana eller om vi var hippies utan att veta om det. I så fall var vi väldigt felklädda på ambassaden.

Under vår vistelse i den iranska huvudstaden fick vi tre resenärer gemensamt en present; en väldigt vacker stor tung keramikkruka. Hur skulle vi kunna dela den?

Vi utsåg den till kräkkruka, det vill säga att den tillföll den som spydde mest av maginfektioner eller annat under resan. Lotta blev den lyckliga vinnaren och hon började få poänggivande antiperistaltiska ruscher redan på vägen mellan Teheran och Meshed österut. Många mil genom ökenliknande landskap på en väg som såg ut som en tvättbräda och definitivt kändes som en sådan. Dessutom damm överallt, på glasögon, i ögonfransar, i munnen och förmodligen i bilmotorns vitala delar. Många mil mellan bensinpumpar och bebyggelse. Vi tröstade oss lite med att det gick en buss en gång i veckan från London till Bombay. Blev vi stående så fanns det nog en räddning. Vi blev nämligen ofta stående för nu hade vår startmotor ballat ur. Mellan Teheran och några 100 mil bort till Lahore i Pakistan fick vi springa igång bilen, men ofta försökte vi stanna på en liten kulle om möjlighet fanns. Två starka krafter puttade på och en skötte ratt och startnyckel. När vi väl kom igång med ett härligt frustande från motorn gällde det att raskt slänga sig in innan någon annan vital del gav upp. Bromsarna kändes inte helt övertygande så det gällde att spara på slitaget.

I detta ökenlandskap österut med stenblock, klippor och små berg levde nomader i svarta tält. Hundar, getter och kameler omgav bosättningarna och inne i tälten satt sannolikt kvinnorna och skapade de vackra persiska mattorna. Barnen som också var sysselsatta som herdar eller djurskötare, deltog i arbetet med naturfärgade garner i den stående varpen. Med en liten vass kniv i handen skar man av efter varje knut. Ju tätare desto bättre.

Var skulle vi sova i detta landskap? Så småningom blev det en vana både i Iran och Afghanistan att precis vid mörkrets inbrott se ut en lämplig möjlig avstickare ut i sten- och sandlandskapet och sedan köra några kilometer fram för att se om omgivningen såg fredlig ut, utan stora hundar eller svarta tält. Sedan vända tillbaka och köra rakt ut i geografin och ta skydd bakom några klippor och släcka allt ljus och viskande göra oss redo för natten. Det var riktigt spännande och vissa nätter låg vi ovanpå sovsäckarna och försökte sova med kniv i handen. Ibland hörde vi ljud av djur eller kanske steg av människor, men vad som var verklighet eller bara onda aningar var svårt att avgöra. Vi visste inte vad vi eventuellt skulle försvara oss emot, men jag visste att jag hade en förmögenhet i bilen. Jag hade blivit erbjuden 40 kameler per styck för mina kvinnliga medresenärer så jag tvekade inte att försvara min rikedom om så skulle krävas.

Vi nådde fram till Meshed, en helig stad i nordöstra Iran, inte långt från gränsen till Turkmenistan. Inte heller så långt från den afghanska gränsen och med bomullsfält på slätten runt omkring. Här tog vi in på ett värdshus med fönster mot stadens soptipp där hundar och schakaler slogs på natten. Det kändes väldigt tryggt där.

I staden gjorde vi stora inköp av mattor. Minst tre och kanske fler. Från och med nu blev vårt nattläger på plankan mycket mjukare. Lotta köpte en vacker bönematta från trakten och jag och Elisabeth köpte var sin matta från Baluchistan. Det var ungefär 2 gånger 1,5 meter stora, lagom slitna, tätt knutna och vackra och kostade ungefär 150 svenska kronor per styck. Två av dessa pryder ännu mina golv och de har åldrats vackert under 50 år vilket betyder att vi inte blev lurade. Det var så härligt att ägna sig åt köpenskap, förhandlingar, prutning, tedrickande och glada miner i den då äkta och inte turistifierade Orienten.

Och ännu mer exotiskt skulle det bli. Vi var på väg mot Afghanistan. Innan vi kom dit visade det sig att vi hade en mus eller en råtta i packningen. Allt plockades ur bilen och se där försvann den lilla inkräktaren i sanden mot horisonten. Det var strul vid den afghanska gränsen. Något papper saknades, möjligen pestvaccinationsintyg eller något liknande vilket gjorde att vi fick gömma Lotta under en matta när vi passerade gränsen. Vi var på väg mot Herat i västra Afghanistan. Staden är en av flera Alexandrior som grundades av Alexander den stora mer än 300 år före Kristus. Denne kung och krigare från Makedonien blev bara 33 år gammal och förmodligen var han väl i vår ålder när han drog omkring här i trakterna på väg till Indien. Han liksom jag hade två drottningar.

I Alexanders armé fanns en stegräknare. Hans steg och beräkningar gav upphov till det kartor vi nu följde, om än något förbättrade. Denne man räknade sina steg utan mobil i fickan. Hur gjorde han för att inte komma av sig eller bli störd av det som händer runtomkring? Ibland har han förekommit i mina mardrömmar. Vi hade hastighetsmätare, trippmätare och andra finesser som gjorde livet lättare. Vi hade redan kört många hundra mil hemifrån och det höll vår Folke reda på. Ibland fick man en härlig känsla av att vi var födda i precis rätt tid. Afghanistan var aldrig bättre, varken förr eller senare.

Afghanistan

I skymningen gled vi in i Herat. Detta var absolut en av resans höjdpunkter. En stad utan elektricitet med massor av foto- genlampor och stormlyktor som lyste upp små affärer med pyramider av färsk frukt och grönsaker. Allt som en stilleben- målning, men inget stillastående för övrigt. Droskor förspända med hästar med granna seldon, tofsar och band drog omkring på de dammiga gatorna. Här och var en liten refug med en operett- polis som viftade okontrollerat, inte minst för oss som hade fritt fram att köra i vilken riktning som helst kring hans lilla väl bevakade rondell. Överallt satt eller gick Alibabafigurer i lång- skjortor, vackra broderade västar och turbaner av vitaktigt tyg som var virat flera gånger kring huvudet och avslutades med en liten svans eller tuppkam.

Kvinnorna såg vi inte mycket av och det vi såg, såg vi knappast. De var noga insvepta i burka, heltäckande med ett nätparti framför ögonen. Elisabeth och Lotta väckte därför viss upp- ståndelse. Inga uppenbara aggressiva reaktioner förekom och inga tecken på att de skulle bli stenade den dagen. Mellan alla måleriska butiker som hål i väggen fanns små verkstäder en halv trappa ner där det i mörkret satt en figur vid en stor vävstol och framställde tyger mestadels av bomull. Vi hade passerat många och vidsträckta bomullsfält just på gränsen till öknen både i östra Iran och i Afghanistan. Några vallmoodlingar för heroin-framställning hade vi inte sett, men sannolikt fanns de på nära håll. Vi såg tehus där man låg på britsar och bord och drack te och rökte något sannolikt ohälsosamt.

Hur länge vi stannade här minns jag inte men upplevelsen var stark och återigen kände vi att vår expedition var livsavgörande och ibland gav vi vännerna där hemma en tanke, när de sanno-likt pluggade och värjde sig mot höstrusket.

Vi hade läst en del om Afghanistan i Micheners "Karavan" och i Jan Myrdals reseberättelse, men vi hade inte i vår vildaste fantasi förstått att plötsligt skulle vi vara mitt i denna värld. Detta var Afghanistan innan ryssarnas intåg några år senare, innan talibanernas dominans och innan amerikanska och sven-ska soldater fanns i landet. Ingen har någonsin lyckats inta och ockupera landet. Engelsmännen försökte på 1830-talet och senare, men det stolta bergsfolket lät sig aldrig koloniseras. Däremot utnyttjade man de tilltänkta inkräktarna och lät ryssar och amerikaner bygga en bred asfalterad väg genom hela landet från Herat söderut via Kandahar till Kabul. Byggherrarna hade sannolikt i åtanke att kunna använda vägarna för invasion och trupptransporter. Nu var det nästan bara vi som susade fram på denna dröm av slät asfalt och makadam.

Väl ute ur Herat i en trädallé höll det på att gå riktigt illa. Under ivrigt pratande och gestikulerande i framsätet råkade chauffören komma för nära en välväxt pinje så att backspegeln på förarsidan slogs av mot trädstammen. Det kunde varit värre men vi hade flera reservbackspeglar och allt eftersom vi skruvade på en i taget, lyckades vi köra av den mot indiska kor eller mötande lastbilar senare under resan. Den excellenta vägen hade vi mycket glädje av inte minst vid våra luncher. Nu behövde vi inte veckla ut vår flagga, utan nu lade vi ut alla våra persiska mattor och någon afghansk på asfalten och på dessa dukade vi upp vårt bröd, våra grönsaker och frukter, drack te ur nyinköpta afghanska skålar som vi inhandlade för 7 öre styck. Vi halvlåg på mattorna och stördes ej av någon trafik mer än någon hjord av getter som korsade körbanan.

Brödet vi inmundigade till alla måltider var platt och avlångt, lagom frasigt och välsmakande. Det bakades i ugnar som bestod av ett hål i marken med glöd i botten. Man dängde fast degen på ugnens väggar där de gräddades till en gyllengul delikatess.

Ibland hade vi köpt några spett med grillat fårkött som vi njöt av samtidigt som vi sett och visste att köttet fräschas upp i de öppna dikena i byarna och städerna. De små rännilarna och bäckarna användes även till alla hygiengöromål inklusive hundarnas svalka. Vi var därför alltid noga med att se till att spetten var nygrillade och genomstekta. Egentligen blev vi inte så väldigt sjuka som man kan förmoda och ännu var vår gemensamma krukas kommande hemvist oklar.

Vi hade mycket konstiga medikamenter i vår ägglåda däribland någon variant av enterovioform som sedan förbjöds. Det skulle hjälpa magen mot det mesta. Vi intog också malariatabletter på söndagarna och salttabletter när vi svettades. För övrigt minns jag inte några farmakologiska insatser mer än när Elisabeth fick ögondroppar av en läkare som påstod att hon hade trakom. Förmodligen var det irritation av damm och drag från Folkes öppna fönster. Någon annan luftkonditionering fanns förstås inte.

Många dagar och många nätter for vi genom Afghanistans ödsliga vackra landskap, öken, stenblock, klippor och små floder utan broar. Man fick ta sats och i hög fart ta sig igenom en forsande flod utan kännedom om vattendjupet.

I Kandahar var det varmt. Vi var redan nu någonstans i mitten av oktober. Svetten rann nedför benen och gjorde att man halkade omkring i sandalerna. Ibland var vi tvungna att promenera fram i de öppna avloppsdikena för att få svalka. I södra Afghanistan såg vi som en hägring långa kamelkaravaner på väg söderut bort från den annalkande stränga afghanska vintern. Kvinnor och barn satt uppflugna på kamelerna och männen red vid sidan om på hästar. Även på långt håll såg vi de vackra mattorna och sadelvävnaderna på kamelerna. Oändlig var horisonten och oändligt vackert var denna parad av öknens skepp mot den gula sanden. Det blev pekoral även i loggboken den dagen.

Så småningom hamnade vi i staden Ghazni söder om Kabul. Här gjorde vi affärer. Flickorna inköpte afghanska samovarer och jag ett antikt gevär från 1800-talets början. Dessutom gjorde vi studiebesök hos stadens doktor. Han hade det inte lätt. För att undersöka en kvinna måste han delegera till hennes make att titta under burkan. Maken fick sedan meddela vad han såg eller kände och efter instruktion hjälpa doktorn att diagnostisera. I vår tid är det journalskrivandet och annan dokumentation som är det

värsta, men jag tror att vår afghanska vän hade en svårare uppgift. Vi drack te på gynekologbritsen och kände oss väldigt nära Dr Schweitzer och Socialstyrelsens rekommendationer angående patientintegritet.

Senare i Kabul besökte vi medicinska fakulteten och hade ett långt samtal med en professor som berättade om det korrumperade utbildningssystemet. Det var väldigt svårt att han-tera mutor, påtryckningar och hot. Makthavarnas barn fick ej underkännas, välbeställdas studieresultat fick inte ifrågasättas. Vi kände att vi kom från en härligt trygg ankdamm där uppe vid polcirkeln. Det är nog bra att vi har lite kunskapstester och kontroller innan välutbildade invandrare kan sättas i arbete hemma i Svedala.

Vi närmade oss Kabul. Då la bilen helt av i en uppförsbacke. "Sold i Motor" konsulterades och någon diagnos stod ej att finna. Vi band ett rep kring Lotta som fick dra fram bilen medan jag puffade på. Elisabeth, som var tekniskt mer begåvad än stark, sattes bakom ratten. Med vår hastighet beräknades vi kunna nå huvudstaden inom några dagar. Så inte. En blommig lastbil kom till vår undsättning. Så bra. Vi blev bogserade upp, fram och i väg mot Kabul. Hamnade sent om sider i stadens utkanter på en bilverkstad som såg ut som en tillfällig cykelverkstad i Sjöbotrakten. Här skruvades hjulen av och vilande på några klossar stod vår bil där medan vi skulle tillbringa natten på vår planka. Det fanns en gendarmliknande vakt som skulle vaka över oss medan vi sov. Huruvida det var han eller någon annan som lyckades få upp ett fönster under natten och ta vår nätkasse med alla pengar, papper och pass det vet jag ej. Men vi kände att det var kallt med det öppnade fönstret och vi var lättade över att den snälle tjuven ställt tillbaka kassen i framsätet efter att ha stulit alla våra kulspetspennor och ingenting annat. Ibland kändes det som om våra trasiga skyddsänglar hade det slitsamt. Bilen blev lagad.

Kabul, då okänt men nu välbekant i medierapporteringen. I staden hade vi en kontaktpunkt. Det var familjen Engdahl som jobbade för någon biståndsorganisation. De var från Lund och hustru Barbro var syster till min bästa vän Gunnars far. Här tog vi in och blev väldigt väl mottagna. Barnen hette Isa och Micke. Den senare red i full galopp genom de trånga gränderna, med livsfara för småbarn och insvepta damer. Familjen drack en del. De hade en kökschef som sålde tomflaskorna och det hade han blivit så rik på att han just köpt sig sin andra hustru. I Kabul fick vi dels en inblick i koloniallivet som svensk i biståndssvängen, dels kännedom om livet i den afghanska huvudstaden.

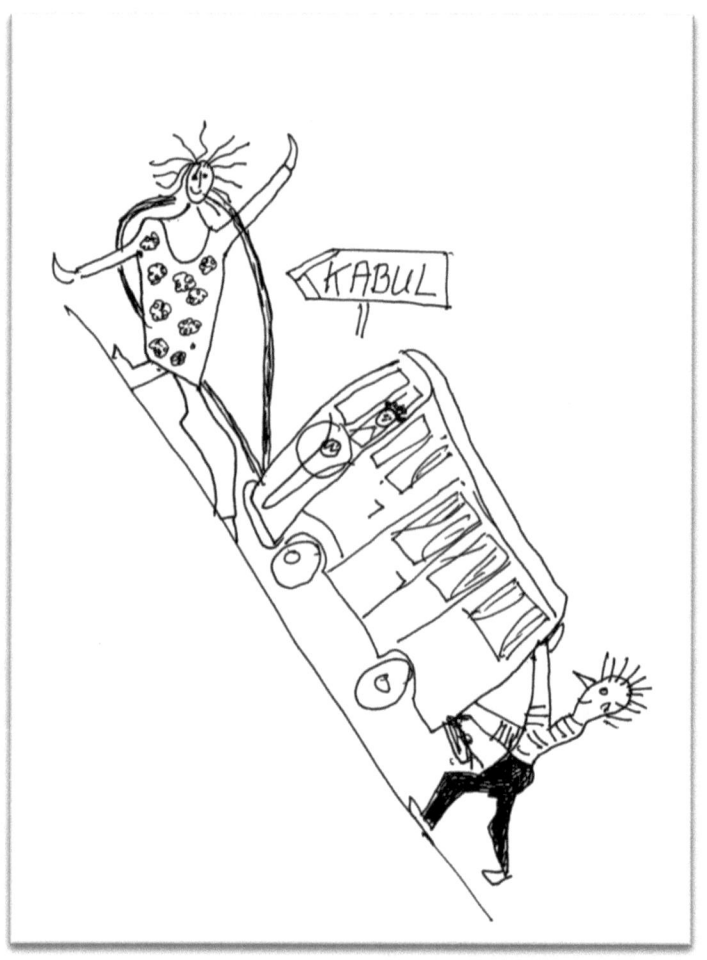

Egentligen var det inget som fungerade som vi var vana vid. Vi gick till banken, den statliga, för att växla pengar från internationella resecheckar. Vi blev upplysta om att tyvärr hade banken ingen bra kurs och dessutom var pengarna slut. Vi blev hänvisade till svarta marknaden och penningväxlare i basaren. Där gjorde vi nedslag med vår värdfamilj som köpte 4 bildäck och fick dom hemtransporterade vilket ledde till att de var stulna nästa dag och vi måste köpas en gång till.

Höjdpunkten under dagarna i Kabul var kungens födelsedag. Den pågick i flera dagar och firades bland annat med Buzkashi på stadens idrottsplan. Detta var en sport som hade uråldriga traditioner i den afghanska kulturen och bland nomadfolken. Sporten hade en viss likhet med hästpolo men i stället för boll och klubbor hade man en död get som spelpjäs samt piskor och påkar. Det gällde att med snabb ritt, skickligt trixande med mycket våld och hästkrafter sätta sig i besittning av getliket och hänga det över hästens manke och föra det i mål över en linje eller i en ring ungefär som i rugby. Så spännande våldsamt och fascinerande för ett litet svenskt gäng som sysslat med kast med liten boll, längdhopp och hästhopptävlingar i skånska ryttarföreningar.

Huruvida sporten gav upphov till större dödlighet för getter än för spelarna är oklart. Vi njöt av skådespelet under flera dagar. Vi njöt också av det afghanska köket med fårgrytor och pilaffris som var saftigt och gott, med gröna pistaschmandlar och russin. Brödet var lika härligt som i Iran. Coca-Cola och Canada Dry bytte vi ut, med familjens hjälpt, mot vin inköpt i någon biståndsbutik för västerlänningar. Vi hade redan varit på en sådan inrättning i Teheran och inköpt en flaska Drambuie som vi via skedvis intagande njöt av i två månader.

I Kabul, men också på vägen dit, hade vi träffat på hippies. De var bara ganska vanliga ungdomar med lust att resa och se världen. Vi träffade på engelsmän på väg österut och australiensare på väg västerut. En del såg lite toviga och blommiga ut och förmodligen fanns det en del knark i bagaget, men det var inget som störde oss. Vi blev erbjudna att köpa av afghaner men tackade förstås nej. Men om vi var hippies eller ej var fortfarande oklart... Men, om bilens gardiner hade varit blommiga kanske vi varit del av Flower Power?

Vi skulle återvända till Kabul vilket vi inte visste då, och lära känna staden i kyla och snö. Nu drog vi vidare österut via den apelsingrönskande staden Jalalabad. Här bodde vi på gatan utanför en annan biståndsfamiljs hus. Vi vaktades av en konstapel i samma typ av rock som Napoleon bar när han invaderade Ryssland. Denne vakt gjorde inte inbrott i bilen och vi kunde därför fortsätta med en av de på förhand utpekade avgörande punkterna på kartan. Vi skulle liksom Alexander den store ta oss över Khyberpasset för att sedan låta Indusslätten välkomna oss långt där nere. Kabul ligger på cirka 1800 meters höjd och Khyberpasset är det sista klivet innan nedfarten från Hindukush och Himalayas utlöpare. Vi klättrade upp i passet, som vi tyckte mer såg ut som ett illa medfaret grustag, nådde sista bebyggelsen och högsta punkten i skymningen. Gränsen var stängd och vi fick inte åka vidare. Passet och dess omgivningar ansågs extra farligt för västerlänningar och andra missionärsliknande inkräktare.

Här fanns ingen övernattning mer än en karavanseraj samt möjlighet att köpa en säng med beväpnad vakt utomhus. Det förslaget antog vi. Varför vi inte sov i bilen minns jag ej. Hela bergsområdet består av en blandning av krigiska klaner och etniska grupper som alla försvarar sig med hemmagjorda gevär av hög kvalitet. Det fanns mycket vapen i omlopp och vem som behärskade passet var oklart även för ryssar och amerikaner långt senare.

Innan vi intog våra flätade sängar vid vägkanten begav vi oss till karavanserajen och blev inbjudna till ett gäng kameldrivare, lastbilschaufförer eller krigare. De viftade med vapen och skrattade och dunkade mig i ryggen och sa att man aldrig skjuter resenärer förrän i soluppgången. Vi blev förstås lugnade och delade under kvällen deras måltid bestående av grönsaker och bröd som man doppar i en gryta med fårfett.

Natten förlöpte lugnt, men en del minnesbilder finns kvar. Jag vaknade av att en stor hund slickade mig i ansiktet och sedan kunde jag inte somna om efter att ha njutit av fullmåne och siluetten av vår vakt som satt där vid sängkanten med sin pistol. Hur bra får man ha det? På morgonen sladdade vi nedför Khyberpasset, värmen steg till tropiska temperaturer och landskapet ändrade helt karaktär. Människor, nu indier, överallt oxar som drog tungt lastade kärror med halm och ved samt palmer och vackra kvinnor i saris med mässingskrukor på huvudet.

Pakistan

Säga vad man vill om Alexander den store men hur korkad får
man vara om man återvänder från detta land av sol och skönhet?
Vi var vid våra drömmars mål. Indien! En gång en enhet under
både moguler och britter men numera en kontinent delad mellan
muslimer och hinduer i staterna Indien och Pakistan och seder-
mera Bangladesh i öster. Här hade en gång Akbar, Shah Jahan
och kejsarinnan Victoria regerat. På den tiden vi gjorde entré
hade kontinenten sannolikt redan passerat en miljard invånare
och alla tycktes vara ute på vägarna.

Fortfarande utan startmotor gjorde slättlandet det svårt för oss
att komma loss! Vi passerade Peshawar som långt senare blev
ett enda stort flyktingläger för afghaner. Vi upptäckte att vi nu
bättre kunde kommunicera på engelska men lyckades snappa
upp en del av språket urdu där ordet "atshah" ungefär betyder
"okej" som man kommer långt med, samt ordet "bakshish" som
signalerar att du vill ha mer för pengarna. Dessa små ord hjälpte
oss en hel del och långt senare hade jag god användning av dem
bland pakistanier här i Barcelona.

Vi var på väg till Lahore, en av Pakistan storstäder, inte långt
ifrån indiska gränsen. Här samsas historiens kulturella bygg-

nader såsom Red Fort och Stora Moskén med nutidens globala ekonomiföretag. Vi hamnade så småningom vid grindarna till Package Limited som var en fabrik och ett dotterföretag som gjorde produkter för Tetra Pak i Lund. Vår bil hade vi fått in på en VW-verkstad som skulle fixa startmotorn och se över resten. Således utan bil några dagar begav vi oss till denna svenska industrisatellit. Här förhörde vi oss i vakten om det fanns någon svensk på företaget och fick frågan om det gick bra med Svensson! Det gick jättebra tyckte vi och tog in hos Svenssons några dagar medan bilen fick sin omvårdnad. Familjen Svensson var väldigt vänlig och det fanns en uppsjö av barn i olika färger och tjänstefolk samt inte minst mat, dryck, tvättmaskin och en säng för var och en av expeditionens deltagare. Superlyx! Vår tacksamhet sträckte sig så långt att vi stod ut med att under en helkväll se på diabilder från familjens sommarstuga i Ulrice-hamnstrakten.

Vad hade vi upplevt i Pakistan? Stor gästfrihet förstås samt de arkeologiska utgrävningarna i Taxila. Det var rester från en buddhistisk kultur. Det var en ruinstad som vaktades och behärskades av korrumperade vakter och barn som sålde arkeologiska fynd. Fy, inte bra, men vi köpte ett par Buddhahuvuden från tiden, tror vi, och hade väldigt dåligt samvete för det.

Elisabeth studerade ju konsthistoria och arkeologi i Lund och var väl därför brottssyndikatets huvudman? På utgrävningsområdet blev vi uppraggade av några ungdomar som tyckte att vi skulle följa med dem hem och träffa deras familj. De var alla kusiner. Så gjorde vi och hamnade i ett palatsliknande hem med många kvinnor som Elisabeth och Lotta fick träffa i kvinnoavdelningen medan jag fick ägna mig åt yogaliknande muslimska böneceremonier med farfar på terrassen. Blev jag inte frälst av Muhammeds efterföljare då, så blev jag det nog aldrig och så blev det!

Vi närmade oss den indiska gränsen där blodiga strider stått mellan muslimer och hinduer i samband med självständigheten från Storbritannien 1948. Inbördeskrig, på religiösa grunder trots Gandhis ickevåldstrategi, var lika hemskt då som nu! Hur länge ska världsreligionernas ledare vara undantagna från både moraliskt och juridiskt ansvar och slippa bli dragna inför internationella domstolar? Varför tvekar världssamfundet med att terroristförklara kristendom, islam, och judendom? Hur länge ska vi behöva stå ut med läror som uppmanar sina troende att begå brott och blodbad? Världen tycks inte ha blivit ett dugg klokare sedan inkvisitionen, häxbränningar, judeförföljelser och resultatet av sharialagar som tillåter stening av kvinnor samt terrordåd mot oliktänkande.

Vi närmade oss en religiös gräns och en geografisk linje som delade familjer och byar och bönders åkrar. 1967 när vi passerade den gränsen var det undantagstillstånd på grund av hotande krig, dels mellan Pakistan och Indien, dels mellan Kina och Indien. Kashmirfrågan var då, liksom nu 50 år senare, en varböld som snart skulle göra både Indien och Pakistan till kärnvapenmakter. Långt senare i livet träffade jag pakistanska och indiska flyktingar som berättade sin släkthistoria. De målade upp det helvete som pågick under många år när stilleståndslinjen mellan religionerna böljade fram och tillbaka över familjens ägor, gårdar och byar. Jag tyckte då och jag tycker nu att sin gud skall man hålla för sig själv där hemma eller i sin kyrka, moské eller synagoga. Gudstron ska vara lika privat som sexlivet och inte flytta ut på gator och torg eller i politik och media!

Indien - Punjab

Trots allt krångel med papper lyckades vi så småningom ta oss över gränsen. Ännu värre skulle det bli senare under vintern i andra riktningen! Vi var inne i den del av Punjab som domineras av sikherna. Denna trosinriktning är en egen fristående självständig religion med mer än 25 miljoner anhängare. Den uppstod i början av sjuttonhundratalet och är världens femte största religion. Den predikar att alla människor är lika inför gud oavsett kön, kast, ursprung eller religiös tillhörighet. Vilken religion gör inte det? Dock som Orwell skrev i Grisfarmen: "en del är mer lika än andra"! Sikhmännen känner man igen på stor turban och därunder oklippt hår samt ofta skägg som också fått växa och sammanhållet i ett nät under hakan. Kvinnorna har färgglada indiska kläder med en löst hängande huvudsjal, helt olik muslimernas täta slöjor. Sikherna har alltid uppskattats för sina insatser som goda soldater både för britterna, indierna och i internationella sammanhang som FN.

Sikhernas heliga tempelbyggnad heter Golden Tempel och ligger i staden Amritsar, några mil från den pakistanska gränspasseringen. Vi var på väg dit. En hel eftermiddag vandrade vi omkring i tempelområdet, i helgedomen och på de marmorbelagda kajerna. Templet, som var helt förgyllt, låg på en ö i en stor damm. Det var ingen svårighet för oss att få tillträde. Flickorna fick varsin vit klut på huvudet och såg ut som de vunnit första pris i någon sockerkakstävling. Dessutom fick vi en grötliknande substans i handen. Vi skulle bära på den under vår vandring och sedan offra till någon gud eller tempelfiskarna. Vi förstod aldrig riktigt, men försökte uppföra oss någorlunda enligt instruktionen.

Vi blev inbjudna till en pilgrimsmåltid bland några hundratal andra resanden. Vi blev serverade den indiska rätten "Dhal", en linsgryta, som skopades upp ur hinkar och till det en lök och en bit bröd. Fantastiskt! Sittande på golvet bland indier njöt vi av att plötsligt ha blivit pilgrimer och inte vanliga upptäcktsresande. Efter måltiden fick Lotta och Elisabeth hjälpa till med disken. Jag var inte tillåten att delta. Man skurade och putsade med aska tills metallen glänste och var redo för nästa bjudning.

I samband med uppbrottet från måltiden blev vi bekanta med en ung man med blå turban. Han var mycket vänlig och talade bra engelska. Han visade oss staden och landet där omkring från taket på en hög byggnad inom tempelområdet. Så småningom inbjöd han oss att följa med till hans hemby och träffa familjen.

Vi tackade förstås ja och trots att kvällen närmade sig såg vi inget hinder att dra ut på landsbygden i vår bil med vår nyvunna vän som vägvisare. Vi hamnade i en liten by med öppna avloppsdiken och slutna gårdar med hundar och bufflar. Efter att ha blivit bjudna på någon okänd maträtt bestående av sockrat ris med någon frukt och grönsak var det dags att tacka och återvända till vårt nattläger i bilen någonstans ute i mörkret. Det hade blivit alldeles svart och att hitta tillbaka mot staden var inte att tala om även om vi nu hade en fungerande startmotor.

Vi blev inbjudna, och övertalades att bo i huset med bufflar och barn runtomkring. Man bäddade upp tre sängar med de finaste broderade täcken och lakan. Sannolikt var det bröllopslakan som förvarats för högtidliga tillfällen. Vad vi förstår så var vårt besök en sådan tilldragelse. Jag reste visserligen med två brudar men att hamna i brudlakan hade jag inte räknat med. Bufflar, kvinnor och barn flyttade ut och där bodde vi. Det var ett osannolikt exotiskt och ett härligt välkomnande den första natten i Indien. Nu var vi väldigt långt från studentrummet i Lund och Pytt i panna på Konviktoriet. Långt hemifrån, tusen mil och två månaders resa.

Under kommande dagar erövrade vi mil efter mil av kontinenten. Människor och kor överallt vid och på vägen. Kreaturen stod oftast på tvären och tvekade mitt på vägen och det var ett under att vi inte råkade massakrera någon. Så fort vi stannade fanns det hundratals människor omkring oss. Vi hade till och med en halv kamel inne i bilen vid ett tillfälle. Vid våra måltider i naturen på den stora gulröda flaggan hade vi alltid försökt att dra oss undan till någon pastoral avskild plats på en äng eller under ett träd men efter några minuter var det massor av folk där. Vid ett tillfälle gräddade vi raggmunkar. Vi väntade och våra magar skrek av begär efter Blå Band maten men innan tillagningen var klar steg en man fram ur folkmassan och sa mycket tydligt "I want that cake". Det var inte alltid lätt att vara vänlig och hungrig och kunna hantera dem som var ännu hungrigare. Ibland var det tvärtom. Någon indier cyklade iväg och hämtade frukt och kakor för att förgylla vår sparsamma måltid. Folkmängden verkade öka i takt med att vi närmade oss Gangesdalen och storstäderna kring den. Ibland bodde vi i bilen och ibland på guesthouse. I Indien kände vi oss aldrig osäkra eller hotade. Alla var vackra, vänliga och intresserade av vår resa. Väldigt få visste var Sverige låg och ingen kunde föreställa sig hur det såg ut mellan Lund och Ganges. Längs vägen njöt vi av människors skönhet. Kvinnorna mestadels i sari eller punjabidress som bestod av byxor, klänning och en vacker sjal slängd över axlarna var måleriskt intagande. Indiskorna kunde förutom sin elegans bära stora bördor på huvudet framför allt mässingskärl eller korgar med frukt och grönsaker. Hållningen var perfekt ur skönhetssynpunkt men även ur ergonomisk synvinkel eller för att uttrycka det enligt fysikens lagar, så fick de "lodlinjen genom tyngdpunkten att passera stödytan". Och det gjorde den, annars hade de inte kunnat vandra fram längs vägen helt obesvärat och samtidigt le och vinka till oss. Jag har en mycket god fransk vän som konstaterat att svenska kvinnor inte går vackert i Stockholm när det är snö och modd på trottoaren. Han tycker att de skulle ha högre klackar vilket sannolikt inte skulle lösa problemet, inte heller om de hade sin shoppingkasse på huvudet. Utan att göra någon jämförelse av förutsättningarna och resultat så lyckades indiskorna ta sig fram i leran med 50 blomkål på huvudet och en krånglig sari med en elegans som får en svensk ung man att flämta.

Indien - Delhi

Vi gled så småningom in i landets huvudstad. En metropol redan då. Var staden började och slutade vara svårt att avgöra. Det var folk och bebyggelse överallt. Gamla Delhi är ett virrvarr av fullpackade gator, fallfärdiga hus, trassel av el och telefonledningar, bussar, bilar och kameldragna tvåhjulsvagnar och skolskjutsar dragna av oxar. Överallt kvinnor i sari, män i vita långskjortor och barn i skoluniform, oftast vita och blå. New Delhi är den administrativa huvudstaden med stora gröna ytor, ståtliga monument och breda avenyer. Redan på 60-talet var det många fordon som drevs på orena bränslen som gav ett luftföroreningsdis som med åren skulle bli tät som dimman vid Lützen.

I Delhi besökte vi en indisk familj, Das, till vilken vi skulle överlämna ett paket från en lundastudent som varit där på språkutbyte. Vi blev som vanligt väldigt väl mottagna, allt ifrån mamma och många ungdomar, till farmor. Hon var en liten charmig gumma i vitt som mestadels satt och halvsov framför ett hustempel med någon indisk gud och girlanger av tagetesblommor samt en fladdrande oljelampa och rökelse. Vi stannade hos familjen i flera dagar och lärde oss mycket om indiskt medelklassliv. En dag i veckan fastade man för att visa solidaritet med soldaterna vid kinesiska gränsen samt för att rena kroppen och sannolikt också för att förbättra hushållskassan. Dryck, mestadels i form av te, isvatten eller citronsaft, fick man inte inta förrän efter måltiden för att inte maten skulle åka igenom magtarmsystemet för fort och därmed minska upptaget av näringsämnen. Med familjen fick vi uppleva högtiden Dewali, då man tänder ljus och fyrverkerier. Vad man firade har jag glömt, men det verkade vara mera ljusets högtid än något religiöst.

Under vår vistelse i Delhi blev vi inbjudna, med familjen Das, till ett riktigt sagobröllop som varade i tre dagar. Sannolikt var det hos en väldigt rik familj, för den vita palatsliknande villan låg i en stor trädgård där det fanns flera stora festtält, i orientaliska mönster och färger, för alla gäster, som var flera hundra. Första kvällen var det någonting som liknade en möhippa med mycken dans och utsmyckning kring den blivande bruden. Vackra, vackra människor satt på kuddar på gräsmattorna under de öppna tälten. Man sjöng och dansade. Gästerna bar färggranna indiska kläder i vackra tyger. Jag var iklädd min ganska skrynkliga pepitarutiga kostym och flickorna hade nyinköpta saris i grönt och blått i en kvalitet som sannolikt skulle imponera på någon kastlös städare. Senare köpte de fantastiska vackra saris i siden och guld. Huvudet skulle vara täckt under en del av ceremonin, så mina vänner fick dra upp en del av tyget över hjässan och jag var tvungen att hala upp min ganska ofräscha svenska näsduk och göra knutar i hörnen på känt manér och täcka min kortklippta frisyr.

Bröllopets andra dag var en festbuffé i trädgården, lite i cocktailpartystil. Massor av små mystiska indiska delikatesser serverades. Långbordet med härligheter stormades av gästerna vid en given signal och den som inte höll sig framme blev utan. Dryck minns jag inget av, möjligen te och någon indisk öl men mestadels alkoholfritt. Senare under kvällen släppte man in gatubarn och tiggare och kastade pengar på marken som dessa mindre bemedlade fick krypa runt för att hitta och plocka upp. Detta skulle ge äktenskapet lycka och välsignelse.

På tredje dagens morgon skedde den verkliga vigseln. Ett vitt litet tempel smyckat med blommor hade byggts upp och ett vitt tält rests. Brudgummen kom ridande på en vit häst med blomstergirlander. Han var klädd i ljus råsidendress i indisk stil med snäva byxor, figursydd långrock med många knappar och skorstenskrage samt turban med en liten påfågelsplym och gnistrande smycke framtill. Vigselceremonin pågick i flera timmar och med jämna mellanrum band man ihop brudparet med ett sidentyg eller så gick man ett varv kring templet med brudgummen först och bruden halvsläpande underdånigt efter fastbunden med något broderat rep. Man undrar hur detta äktenskap blev? Håller det i dag drygt 50 år senare? Hela livet är som en TV-serie där man inte får se alla avsnitt. Ceremonin avslutades med att man med knappnålar fäste sedlar på bruden och brudgummen. Förmodligen lysningspresenter eller stöd till bröllopskostnaderna eller möjligen någon offerceremoni som skulle ge rikedom och välstånd. Vi ångrade att vi inte hade tagit med oss kvarvarande polsk zloty eller tjeckiska kronor som skramlade omkring i botten på nätkassen.

Vad hade vi tre äventyrslystna studenter hamnat? Vi var väldigt långt ifrån "slabbedanserna" i Lund. Att få uppleva allt tillsammans var fantastiskt. Vi kunde njuta och uppskatta och drömma ihop. Vi kunde skratta och gråta och ondgöra oss över kulturens obegripligheter. Vi var väldigt lyckliga och faktiskt mycket skickliga på att falla in i de väldigt olika sammanhang och miljöer där vi hamnade.

I Delhi såg vi förstås väldigt många sevärdheter, inklusive utflykter i omgivningarna. Om detta får andra berätta.

Ibland kände man sig som en amerikansk kapitalistgubbe, bland annat när en liten barnhand tog tag i min näve och sa "First Class guide for you, Sir". Eller när någon från hög höjd på ett murkrön dök ner i en väldigt liten vattencistern eller tunna 10 meter ner för att få en slant.

Vi blev väldigt fascinerade av "Tibetanerna", som var en marknad där flyktingar från det av Kina nyligen ockuperade Tibet sålde all sorts konsthantverk, mestadels i mässing, silver och koppar. Fantastiska föremål som då för oss var en ny upptäckt men som sedan dess blivit var mans egendom genom "Indiska" och andra butiker i Sverige och världen. Vi köpte mässingsfat, risskålar, lejon, smycken och religiösa symboler med stor frenesi till väldigt låga priser och till stor lycka för både säljare och köpare. Jag har genom åren ofta iklätt mig en linneskjorta med texten "Free Tibet". Den är inköpt i London och texten är med svårtolkade tibetanska bokstäver, men den ger mig minnen från gatustånden i Delhi. Fortfarande finns det mycket i skåpen hemma i Sverige från "Tibetanerna".

Under våra dagar i Delhi blev vi också inbjudna till att se och njuta av när dans- och teatergrupper repeterade inför turnéer i landet. Det var något mellanting mellan riksteatern, folkbildningsinstitutet och Dansens Hus. Vackra indiskor och smala välbyggda indier utförde danser, pantomimer och charader med skönhet och pedagogiskt innehåll. Böljande saris och slöjor, vackra ögon med kajal och indisk musik som i Bollywoodfilmer. Vi var hedersgäster och satt på golvet i studion och njöt. Budskapet var sannolikt förutom att bjuda på en kulturell upplevelse också att föra ut ett budskap i byarna om tolerans, fredlig samexistens och kanske säker kärlek, barnbegränsning och hälsovård. Vi förstod förstås väldigt lite men för oss var det den vackra sirliga indiska dansen med hand- och huvudrörelser i sidled och klingande klockor från arm- och fotsmycken som var behållningen.

Medan vi var i Delhi gjorde vi flera utflykter bland annat till Agra och Fatebur Sikri. Det senare var en övergiven palatsstad med moskéer och tempel. Den byggdes av Akbar den store på 1500-talet. Denne tog sig tre fruar, en från islam, en från kristenheten och en från hinduism. Tanken var att alla skulle vara välkomna till staden oavsett religion och hustrurna skulle leva i fred och frid. Det blev förstås osämja och på grund av detta och på grund av vattenbrist flyttades huvudstaden till Agra. Dit kom vi också och var väl förberedda på att Taj Mahal skulle vara fantastiskt. Och det var det. Shah Jahan lätt bygga det i mitten av 1600-talet för att inhysa sin favorithustrus grav och sedermera också sin egen.

Det är ett vitt marmortempel med fyra minareter. Det räknas som kronjuvelen i den muslimska arkitekturen. Vi var där och bodde i bilen utanför porten och såg bakverket bada i solsken, i månsken och i gryningsljuset. Den vita marmorn har inläggningar av halvädelstenar; karneoler, jade, malakit, lapis lazuli, tigeröga, granater och agater. Dessutom pärlemor, opaler och turkoser. Allt detta var skapat av skickliga hantverkare varav flera i familjen i rakt nedstigande led nu bodde i staden nära templet. En av männen i någon av dessa familjer hade ingen rakapparat som gick på elektricitet men det hade jag och den bytte jag bort mot 6-8 marmortallrikar med ädelstensinläggningar inklusive vallmon som finns på själva sarkofagen. Sedan dess har jag rakat mig med en engångs rakhyvel och är mycket nöjd med det. Tyvärr kan man inte äta på tallrikarna för de tål ej diskmedel och syra för då lossnar stenarna.

Vi tar adjö av Delhi och Agra och drar vidare österut längs en av Gagnefs bifloder. Många stora städer med fullkomligt trafikkaos tar vi oss igenom och bilen känns väldigt pigg där vi kryssar fram mellan kor, åsnor, barn och kvinnor med hela hushållet på huvudet. Vi tar oftast in på billiga resthouse, även om vår sovplats i bilen numera är väldigt bekväm med en madrass på plankan bestående av 7 äkta mattor från Iran, Afghanistan och Pakistan. Däremot har sovytan minskat beroende på mässing, keramik, kopparprylar, antika musikinstrument, antikt gevär, metervis med silke och råsiden samt spegelarbeten. För att inte tala om ett stort lager små gula bananer, stora röda bananer som man steker, och gröna bananer som man väntar med. Dessutom många andra exotiska frukter som jag har glömt namnet på. Dock minns jag "Castard apples" som var gröna frukter som såg ut som en ihopklistrad druvklase och innehöll en vaniljsåsliknande kräm med små hala svarta kärnor. Såå gott. Möjligen heter frukten cherimoya i Europa?

Ganges

Små vattenilar långt uppe i västra Himalaya rinner ihop och bildar bäckar, floder och tar med sig material från bergen ner på slätten. Den stora floden Ganges bevattnar och ge näring åt hela norra Indien och flyter sedan österut mot Calcutta och Bangladesh där allt slam, ihop med Brahmaputras sediment, bildar ett delta. Här bor miljoner människor utsatta för översvämningar och cykloner som ommodellerar landskapet och gör tusentals hemlösa samtidigt som andra sandbankar uppstår och omformas. Dessa miljontals människor, planetens fattigaste, blir de första offren för höjd havsnivå och klimatförändringar.

Vi var på väg i samma riktning som floden. Men så långt österut kom vi aldrig, men vi nådde fram till Benares eller Varanasi, den heliga staden vid den heliga floden. Hit vallfärdar indier för att ta livgivande bad i Ganges. Kanske dödliga på grund av föroreningar? De kommer hit för att döpas och för att dö eller för att bedja och ta Ganges vatten hem till sin familj och vidarebefordra välsignelse. Benares blev vår östligaste punkt. Härifrån drog vi så småningom söderut. Vi bodde på ett guesthouse ganska långt från floden med ett sammelsurium av människor, kameler, elefanter och hundar utanför.

På morgonen då vi lämnade vårt härbärge låg röken från eldarna ännu tätt över gatorna. Där bodde hundratals på flätades sängar intill slocknande glöd från kvällens matlagning. Före gryningen var alla på väg i riktning mot floden bärande sockerrör eller palmblad i händerna. Människomassan tätnade i takt med att gränderna blev smalare och smalare. Om man halkade i leran och koskiten skulle man lätt kunna bli ihjältrampad på väg till bönerna om ett evigt liv. Barnen och hundarna kilade mellan benen och var säkert tacksamma för våra långa svenska extremiteter som lätt gick att ta sig mellan. Ibland lyckades någon få sina, ännu inte välsignade, sockerrör på tvären i gränden och då blev det totalstopp. De mest högröstade och minst troende av högre kast knuffade omkull små gummor i vita gasbindsliknande saris och gjorde sig breda med auktoritet och granna kläder.

Vi nådde ner till floden just när solen steg upp över skådespelet. Då var flodstränderna packade med folk som trängdes bland de kapsejsade templen, bryggorna och de flytande plattformarna. Man, inte vi, nedsänkte sig i Ganges vatten med kläderna på och fick sannolikt en hel del kallsupar inte långt ifrån där man brände liken av sina ditsläpade anhöriga.

De flesta hade det knapert och veden till likbålet var dyr, så processen blev halvdan och resten av den anhörige slängdes i floden. Det kunde vi konstatera på plats i en roddbåt en annan morgon i soluppgången.

Ljudet från tusentals människor, pling från små klockor och musik till gudarna gjorde hela skådespelet intagande, fascinerande och makabert på samma gång. Någon rikare man, kanske Maharadja, hade en rikt utsirad båt med tempelarkitektur samt livvakter i färggranna uniformer med plymer, grannlåt och militär disciplin, mitt i oredan. Huruvida någon av alla dessa tusentals pilgrimer tagit det indiska simborgarmärket var oklart. Om någon drunknade mitt i denna religiösa happening så gjorde han eller hon det alldeles obemärkt.

På andra sidan den mycket breda floden fanns ingen stadsbebyggelse utan en ridå av palmer och annan tropisk växtlighet som kunde anas på avstånd. Där borta mot söder skulle vi så småningom bege oss när vi blivit välsignade av både människor och vatten.

Tyvärr fanns det mitt ibland alla dessa troende hinduer en del figurer från vår västvärld utklädda till indiska tiggare eller pseudoheliga män. Blont stripigt hår, smutsiga klädesplagg, simmiga ögon av droger och villfarelse. Vi skämdes, vi allvarligt menande resenärer i internationell förståelse. Dessa ungdomar var varken hippies eller Flower Power utan ett steg bortom, mot gränsen till offer för sina egna drömmar och destruktiva läror. Vi tyckte att de utnyttjade de fattigaste i världen på samma förödmjukande sätt som de som i dagens modesväng köper trasiga jeans. Riktigt heliga män fanns det gott om. Patriarksansikten med vackra turbaner, vackra enkla kläder, sandaler och tiggarstaven som krycka. De såg vänliga ut och välsignade oss för de små allmosor vi kunde ge. Däremot gav vi sällan något till tiggande barn som sannolikt var organiserade av något brottssyndikat. De började alltid med att föra ett finger till underläppen och säga "No papa no mama....". Ibland gav vi dem en kaka eller en frukt men det uppskattades inte.

Deccan

Vi for vidare alldeles uppfyllda av upplevelsen i Benares. Söderut, upp på den platå som upptar största delen av Indiens inland och heter Deccan. Här är det inte lika tätbefolkat som i Punjab och Gangesdalen. Det finns lite orörd natur här och var mellan byarna och en av kvällarna råkade vi hamna där. Vi parkerade i skogen under ett träd, tände vårt spritkök i mörkret bland exotiska tropiska ljud från insekter och fåglar. Vi hörde dessutom musik från trummor långt bort från en by. Månen sken, vi åt raggmunk med inköpta röda bananer som stektes och tog efter måltiden en kvällscigarett och njöt av stillheten efter tumultet i storstäderna. Plötsligt stannade en bil med uniformerade vakter eller poliser. De viftade med armarna och lät oss förstå att här fick man inte slå läger. Det rörde sig nämligen om ett viltreservat med mycket rovdjur och annat farligt som vi inte begrep. En av den tidens populäraste musikrefränger var

" *In the jungle, the mighty jungle, the lion sleeps tonight*".

Vi gav oss iväg nynnande denna, även om vi visste att det inte längre fanns lejon i Indien, men väl leopard och kobror med mera. De indiska skyltarna med meddelanden och varningar var inte lätta att tyda med en hop bokstäver som såg ut som en parad av fotavtryck från fåglar i någon ornitologisk kalender.

Vägarna över Deccan var i allmänhet smala och raka och omöjliga att mötas på. Det fanns en smal sträng med asfalt i mitten samt sluttande vägrenar av grus och lera på sidorna.

Vid möten gällde det att hålla sig i mitten och skrämma ner den mötande i modden och sanden. Därför gällde det att verka bestämd, köra fort, verka oförmögen att väja eller bromsa och gärna tuta. Det var ett chickenrace på riktigt. Ibland vann man och ibland körde man av en backspegel eller hamnade i gruset. Tutan hade vi inte så stor nytta av, för det var någon felkoppling eller strömläckage som gjorde att bilen bromsade när vi tutade. Det gav inget aggressivt intryck när man slogs om herraväldet på vägens mitt. Vägarbete pågick i stort sett överallt. Det bestod av en massa människor, mest kvinnor i saris, som bar på en korg med jord på huvudet och tömde den vid vägkanten där det sannolikt spolades bort vid nästa monsunregn.

Rondellerna var också ett äventyr. Trots vänstertrafik gick det bra att ta sig runt även åt höger. Detta kunde ge upphov till viss osämja mellan trafikanterna och om det ville sig illa kunde det leda till att alla backade, då i minst två riktningar och med till synes utan uppsikt bakåt.

Överallt fanns det små *rickshawers* som kallas *tuktuk* längre österut i Asien. De kilade som små humlor utan riktigt fastställd färdriktning. Lotta, eller vem det nu var, lyckades backa omkull en sådant litet fordon, men hon var vänlig nog att sticka ut huvudet och ropa "sorry" innan vi flydde därifrån.

Vi var på väg på diagonalen från Benares till Bombay. Små randiga ekorrar fanns överallt. De rusade ut på vägen, ångrade sig och vände om igen och det blev ibland deras sista beslut. Hinduerna tror på själavandring. Det gör att man inte får döda djur som kanske bär på själen till någon nära anhörig eller helig person. Det finns en sekt som bär tejp för munnen för att inte av misstag svälja något kryp som kan vara ens gammelmormor. En annan sekt går omkring nakna eller ligger nakna på asfalten för att inte skada någon insekt i sina kläder eller i gräset. Det fanns således väldigt mycket att se upp för när man susar fram i en grå folkabuss med rutiga gardiner bland folk och fä.

Många städer passerades och jag minns särskild Bophal, som man några år senare kunde läsa om i nyhetsmedia på grund av en mycket tragisk miljökatastrof med gasutsläpp från en pesticidfabrik. Det fick till följd att tusentals människor dog och tiotusentals blev skadade. Det är fortfarande en av de värsta industrikatastroferna i världshistorien. Den inträffade 1984. Som många andra småstäder i Indien uppgick befolkningen till flera miljoner människor.

Vi hamnade så småningom också i staden Khajuraho med alla de kända kärlekstemplen, närmare bestämt 85, med skulpterade kärleksmotiv. Sexualupplysning, pornografi eller gudomliga bilder för att uppnå fullständig lycka och tillfredsställelse, Kama Sutra. Templen och utsmyckningen är från omkring 1000-talet. Det är ett under att inte drottning Victoria lät riva dessa osedliga byggnadsverk. Härligt att vandra omkring och blir upphetsad både kulturellt och erotiskt. En hel del turister fanns det redan på den tiden när vi var där. Vi tog in på ett guesthouse efter att ha fördjupat oss i alla gymnastiska positioner och tekniska finesser. Vi repeterade vad vi lärt oss under en avslutande tur på förmiddagen.

Mätta på kärlek drog vi vidare mot sydväst och nådde fram till staden Aurungabad, där vi av någon anledning blev inbjudna att bo hos ett indiskt par i en villa. De älskade allt som var europeiskt eller amerikanskt och fick som gåva en hel del prylar från vår expeditionsutrustning. Den lätt överviktiga damen fick några utslitna klädesplagg från flickornas garderob och herren i huset tiggde sig till mina badbyxor och ett par kalsonger i för liten storlek för honom. Dumt nog, så gav jag honom inte min pepitarutiga kostym, som jag inte behövde längre nu när jag hade uppsydd skjorta i råsiden. Jag hade också en skjorta i den indiska blå färgen som man såg på unga män i byarna. Jag hade på gatan i en stad bytt min gröna militärskjorta från Hässleholm mot en indigoblå hemmasydd och hemmafärgad skjorta som inte gått att få tag på i handeln. Den var tyvärr lite för liten för mig, jag hade underskattat min storlek men den nöjde indiska bytespartnern gick glatt iväg, nästan som ett militärtält.

Vårt värdpar i Aurungabad tog väldigt väl hand om oss. Vi blev rekommenderade att absolut se en av de senaste indiska filmerna. Den hette "Ram aur Shuam" och innehöll mycket dans och sång på vackra bergssluttningar och blomsterängar. Huvudinnehållet var ett par tvillingbröder, där den ene var god och vacker och den andra ond och mindre vacker. Förväxlingshistoria förstås och absolut inte svår att förstå på hindi eller möjligen något lokalt språk. Behållningen av bioupplevelsen var lokalen och publiken. Det fanns ett avgränsat skjul mitt i salongen där de muslimska kvinnorna satt med utsikt bara rakt fram mot filmduken, ej med insyn från sidorna. Där inne fnissades det mycket. Resten av salongen var i uppror när den onde vara alltför ond. Då rusade många fram till bioduken och hötte med nävarna. De störde då föreställningen och blev handgripligen nergjorda av andra män som också rusade fram. I samband med rörelsen och springet i salongen blev alla råttor skrämda på flykt och passerade i hög hastighet vid våra fötter för att ta sig till lugnare bänkrader. På tal om råttor så fanns de överallt. Förmodligen heliga även de. Jag fick på nära håll bekanta mig med döda gnagare då jag skulle rundsmörja bilen och var tvungen att ta mig ner i en smörjgrop fylld med vatten, oljerester, matavfall och döda djur. Det låter som en uppgift långt utöver min kompetens och så var det egentligen. Jag hade övat många gånger i Lund på att underifrån hitta 14 nipplar där jag med min fettspruta skulle fylla på fett. Detta gjorde jag flera gånger under resan med tveksamt resultat, men alltid med en utmaning för hälsan att träda ner halvnaken i en smörjgrop. Jag hade tänkt senare i livet vid flera tillfällen att man skulle ta en ABF-kurs i bilvård och mekanikerkunskap men alltid värjt mig på grund av minnen från de persiska och indiska smörjgroparna. Huruvida mina insatser var livgivande för bilen vet att jag ej, men jag kände att min status höjdes något av att det bara var en man som kunde göra det skitjobbet.

Tyvärr blev Lotta sjuk i Aurungabad med feber, frossa och svaghet. Hon behövde vila och få medikamenter. Vi hittade något i vår ägglåda som vi trodde kunde bota henne men kom egentligen aldrig fram till någon diagnos. Vi svävade mellan malaria, snäckfeber, denguefeber eller trikinos. Förmodligen rörde det sig om en förkylning eller möjligen influensa. Hur som helst så var hon just då inte i stånd att fortsätta resan utan behövde vila och vi hade ju vår indiska värdinna som kunde sköta om henne. Därför reste Elisabeth och jag vidare mot Bombay för att förbereda hemresan till Sverige. Det var nu omkring den 20 november. Vi hade tänkt oss båt via Suez-kanalen hem, med eller utan bilen för att hinna hem till termins-starten i januari 1968.

Vi tog avsked och lovade Lotta att hon skulle bli frisk och möta oss i Bombay några dagar senare. Så blev det också men innan dess drog expeditionens återstående två deltagare västerut över Västra Ghatsbergen mot Indiska Oceanen. Det var mycket kurvor över bergen. Massor av nyfikna apor överallt längs vägen. Medan de satt och plockade loppor på varandra såg de ut att tänka att där kommer några människor som liknar oss och är alldeles för långt från sin flock.

Bombay och Indiska Oceanen

Vi körde in i Bombay, en mångmiljonstad redan då, med mycket kåkbebyggelse i utkanten. Inne i staden var det trafikkaos med olika rickshaws, dragdjur, bilar, cyklar och jättestora bussar som det stod "Best" på. Förmodligen en reklam för något indiskt undermedel. Vi lyckades lotsa oss fram till gatan där en svensk familj bodde. De var någon slags bekantas bekanta och jobbade på det svenska företaget ASEA. De hade två lägenheter i de bättre kvarteren nära strandpromenaden. Den ena lägenheten stod tom förutom ett par madrasser. Där tog Elisabeth och jag in och där började förspelet till vårt 40-åriga äktenskap. Vi kände oss väldigt skyldiga för både det ena och det andra gentemot vår syster där borta "left behind". I lägenheten fanns en varmvattenberedare som exploderade med jämna mellanrum.

Nu skulle vi förbereda vår hemfärd. Vi tog oss till en del rederikontor och en del tullstationer. Vi blev redan från början nedslagna av realiteterna. Suezkanalen var fortfarande stängd efter junikriget 1967 och om vi skulle hem per båt så fick vi runda Godahoppsudden. Dessutom blev det för dyrt att ha bilen med och inte heller lätt att resa med några hundra kilo bagage där mattor, mässingsgevär, musikinstrument och tyger var inräknade. Vi bröt inte ihop utan vi tog oss till Ritz Bombay där man som västerlänning kunde få en drink utan att ha "alcohol permit". På en av bakgatorna hamnade vi också på "New York Café" som inte var något för nybörjare i kolonialsvängen.

Hur vi hade kontakt med Lotta begriper jag inte, mobil eller fungerande fast telefon fanns inte. Möjligen telegram? Hur som helst mötte vi henne på Bombay centrala järnvägsstation ett par dagar senare. Det var i gryningen. Tusentals resenärer med stora skrymmande bylten samt hundratals människor sovande på repsängar eller på golvet på stationen var ett hinder att passera. Dessutom rök från lokomotiven samt sneda solstrålar gjorde att det inte var så lätt att hitta Lotta. Plötsligt stod hon där, frisk och med mycket att berätta och mycket att ta till sig av vår research. Förenade igen alla tre firade vi med en tuggbetel som vi köpte av någon på gatan. Det var ett hopvikt löv som en liten kåldolme med blandning av välsmakande ingredienser som vi tror inte var knark. Man blev alldeles röd på tänderna och fick energi att ta sig an dagens uppgifter.

Lotta informerades om vad vi kommit fram till angående hem-resan och vi plockade ut allt ur vår bil för att se vad vi egent-ligen hade för ägodelar som var värt att ta hem. Vi kom fram till att det var närmare 200 kilo skrymmande prylar som vi absolut måste få med oss. Detta var ett svårsmält faktum som gjorde att vi raskt stuvade in allt igen och sa i kör att nu kör vi hem genom öknar, berg, snö och kyla. Någon annan lösning såg vi inte just då. Men först hade vi en del att uträtta i Bombay, till exempel hade tjejerna beställt tid för hårvård på stadens gamla lyxhotell "The Taj Mahal Palace". Långt senare blev det platsen för en terroristattack. Det låg nära monumentet "Gate of India". De blev väl omhändertagna med hyggligt resultat samtidigt som jag försåg mig i baren och träffade indier som inte hade det så dåligt ställt. Det hade heller inte de i juvelerarbazaren där vi av en slump hamnade. Vi blev inbjudna i en pärlhandlares butik och han vädrade nog stora inköp från vår sida. Vi kunde ju fortfarande inhandla ting som inte vägde för mycket så varför inte lite pärlor? Vad vi senare förstod så sökte han en västerländsk fru till sin son. Jag hade ju två. Sonen var ingen jag minns men han verkade ung och välnärd. Det var pappan som förde talan och gav flickorna fantastiska gåvor eller möjligen inköp till bra pris. Elisabeth var plötsligt ägare till ett halsband med äkta pärlor av barocktyp. De var inte odlade utan hade hämtats av dykare från havets botten. Detta smycke bärs nu av dottern Helena. Vi blev inbjudna till pärlhandlarens hem för att träffa familjen och senare ledsagade till en biograf där sonen i mörkret skulle sitta mellan mina expeditionskamrater. Jag kände att de höll på att glida mig ur händerna. Så blev det inte. Sonen gjorde inte så stort intryck på dem och verkade dessutom oföretagsam. Min roll i giftermålsplanerna var att ge pappan råd angående sockerbetsodling som han hade tänkt sig att ge sig på. Hela äventyret gav, förutom inblick i indisk köpmanskultur, resultatet att mina undanglidande kompisar nu var försedda med dyrgripar som de kunde bära först efter hemkomsten. Hur vi lyckades slingra oss ur situationen med äran i behåll kommer jag inte ihåg.

Emellertid hade dagarna i Bombay fått oss att ändra på de akuta hemreseplanerna. Vi behövde fundera och inte minst bada i Indiska Oceanen innan vi skulle bege oss hem via förväntat snökaos i Afghanistan och Turkiet. Vi vände alltså söderut i riktning mot Goa, dit vi aldrig kom, men som så småningom skulle bli en vallfärdsort för hippies och dess efterföljare. Vi körde ungefär halvvägs och tog av på en liten byväg i riktning mot havet. Vi skumpade fram på en gropig sandig väg genom en by och vidare genom en ridå av kokospalmer, bananträd, papaya och tropiska snår ner till en liten glänta där vägen slutade. Där bredde Indiska Oceanen ut sig med en oändlig sandstrand och ett nästan alldeles stilla hav. Där kastade vi oss i på grunt vatten och noterade sannolika hajfenor som var synliga längre ut. Härligt att vara på expedition.

Barn från närliggande by och senare även vuxna kom ner på stranden för att titta på figurerna i den grå folkabussen som hade slagit läger i buskagen. Vi var en sevärdhet fick vi veta. Ingenting hade hänt här på många år. Inte sedan ett smuggelflygplan landat på stranden. Från byn fick vi ägg och bananer i massor. Vi lekte med barnen, hoppade hage och spelade näsa med mera. Vi försökte bete oss anständigt trots att jag givit bort mina badbyxor. Expeditionen stannade i flera dagar och njöt av semester innan hemfärden strapatser. Den tropiska natten var varm och fylld av djungelns ljud. Vi sov i bilen med öppen dörr och fick senare reda på att det var mycket vilda djur i trakten. Kobran var inte att leka med om den också ville vila ut i bilen, kanske under plankan? Det fanns en lärare från byn som pratade engelska. Han gav oss mycket att tänka på. Han älskade blommor och hade klippt ut bilder ur tidningar och klistrat in i flera skrivböcker. En av dessa gav han till oss som en gåva av det bästa han hade. Det var säkert den mest besjälade och personliga presenten vi fick under hela resan. Dessutom hade han inga baktankar och var förmodligen nöjd med den fru han hade.

På väg tillbaka från stranden stod alla byns skolbarn och vinkade adjö till oss. Hur har det gått för dem? Förmodligen blev en del elektronikingenjörer eller dataprogrammerare och andra blev vise män eller ståtliga kvinnor med stora kärl av mässing på huvudet omgivna av vackra barn som skulle ta Indien ur fattigdomen. När vi svängde ut på stora vägen till vänster mot norr kändes det smärtsamt och tungt i bröstet. Sannolikt på samma sätt som Columbus kände när han vände hem från Karibien eller Vasco da Gama när han lämnade hamnarna nedanför Västra Gaths och Kanelbergen som låg och väntade på oss söderut. Vi hade drömt om Kerela, den sydvästligaste delstaten i Indien men dit kom vi inte. Den provinsen hade rykte om sig att vara vacker, välordnad och vänsterstyrd med fungerande skolor och sjukvård. En dröm på sextiotalet. Dit kom jag med Elisabeth 40 år senare.

Nu gällde det att köra på. Vi måste vara hemma till terminsstarten i januari. Vi passerade risfält med vita oxar dragande träplog, liksom bananplantage, oljepalmsplantager, majsfält och sockerrör. Vi såg inte en enda sockerbetsodling, en gröda som sannolikt mer är anpassad till Lundatrakten. Hur skulle det gå för pärlhandlaren och hans son? På höger sida hade vi bergen. Några år senare skulle det inträffa en stor jordbävning i området.

Hemåt

På vägen norrut läste vi dikt. "Så hett skiner solen på Nilvågen ner och palmerna ger ingen skugga mer, då längta vi åter till fädernejorden och tåget församlas mot Norden mot Norden". Den som låg på ägglådan där bak, medan det sjöngs i framsätet, kunde antingen läsa patologi eller "Growing up into buddhism". Indien susade förbi, Bombay passerades med viss möda och efter mil efter mil hamnade vi i Gujarat och Rajasthan. Kanske hade äventyrslusten och expeditionskänslan avtagit något och resan framöver var på mer än ett sätt en transportsträcka? Så inte! Nu börjar det hända saker!

Den röda lampan för instrumentbräda blinkade eller lyste rött hela tiden. Vi letade i tillgänglig litteratur såsom bilens instruktionsbok samt "Sold i Motor". Efter mycket funderande hade vi kommit fram till att det nog var fel på röda lampan. Lugnade av detta vårt beslut körde vi vidare tills generatorn bröt ihop. Några oxar bogserade oss till närmaste samhälle där vi fick tips om den bästa verkstaden just för att hjälpa resande som hade besvär med röda lampan. Denna verkstad såg ut som Mohlins cykelverkstad i min skånska hemby. De behövde ett dygn på sig för att fixa det hela. Under tiden lämnade vi i deras vård allt vårt pick och pack i bilen och tog bussen till någon sevärdhet några mil bort. Just i den bussen minns jag, dels att sätena var lösa och for omkring vid inbromsning, dels att vi åt någon sorts chiligodis som var så starkt att man inte stod ut om man inte tog en till för att mildra kryddhettan.

Vi hade en härlig dag, riktigt var kommer jag inte ihåg och återvände i skymningen och mörkret i en annan skramlande buss. Då är det livsfarligt att köra, på grund av alla oxkärror utan lyse och skraltiga bilar utan vägvett. Så skönt att vi inte körde själva.

Väl framme på vår verkstad fann vi en liten klurig indier, som hade lindat en ny generatorspole och doppat den i någon kaksmet och nu höll på att grädda den över öppen eld. Snacka om nobelpriset i fysik, men här fanns en kandidat. Dessutom verkade grejen fungera sedan han borrat nya hål i motorn för att få den på plats. Röda lampan lyste inte längre!

Vi for vidare och hamnade i Udaipur, där vi tog ett djupt grepp i vår reskassa och lät oss föras ut i slup till "Lake Palace" som var ett maharadjapalats på en ö i en sjö. Numera tillhåll för rika turister som behövde god mat och omvårdnad. Vi serverades vid ett magnifikt bord omgivna av stiliga indiska kypare och tjänare i granna uniformer. Vad vi njöt. Dock stannade vi ej över natten utan fördes tillbaka i mörkret till land, packade in våra finkläder i vita lilla resväskan och slumrade gott på våra orientaliska mattor på vår planka. Kvällen hade fått oss att känna som när en ökenvandrare når fram till Timbuktu.

I Rajasthan besökte vi Jaipur. En rosa stad med Vindarnas Tempel känt från turistbroschyrer. Där på gatan lät jag klippa mig av en halvnaken frisör som gav girlanger av tagetesblommor till flickorna. I Rajasthan hade kvinnorna fantastiska kläder i starka färger, ceriserött, orange, ockragul och chockrosa i kombination som Sara Danius 50 år senare skulle ha uppskattat.

Vår bil började hacka igen i takt med att vi började närma oss Delhi. Där måste vi stanna ett tag för att få "road permit" för att passera gränsen till Pakistan många mil bort. Detta tog tid och när vi väl fick det så skulle det bara gälla några dagar. Våra tidigare vänner i Delhi hade vi överutnyttjat och därför sökte vi andra lösningar för natthärbärge. Vi fick ställa vår bil på svenska ambassadens gård och sova där. På den tiden var Gunnar Heckscher ambassadör och honom fick jag sedermera träffa via familjen Gottfarb i Almvik hemma i Sverige. Ambassadören blev akut inkopplad redan första natten då Lotta och Elisabeth skulle uppsöka ambassadens damrum för kvällens bestyr. Dörrarna låstes automatiskt och larmet gick. De räddades av Heckscher. En morgon i bilen på ambassadgården var det Lucia och då uppvaktade mina vänner mig med hjärtskärande sång samtidigt som ljusen var tända i vår adventsljusstake. Den bestod av fyra kullager med hål som passade precis för ett stearinljus. Det var den enda vettiga användningen vi hade av alla våra dyrt inköpta reservdelar från Frode Lund. En söndag besökte vi svenska kyrkan i Delhi. Många skandinaver var där och det var mycket adventsstämning och lullull som inte riktigt passade in i vårt expeditionskoncept. Någon inhyrd präst talade om Danmarks höga fjäll och Finlands fjordar om jag inte minns fel.

Omsider fick vi vårt "road permit" för att kunna passera gränsen till fiendelandet Pakistan, som ju egentligen är en indisk syskon-stat. Nu uppstod svårigheter och stress. Tillståndet varade bara ett par dagar och det var långt till gränsen. Vår bil vägrade att gå mer än 30 km i timmen efter att vi hade varit tvungna att bromsa in för någon helig ko på tvären eller för en blommig lastbil som inte gick att köra om i flygande fläng utan risk att krocka med någon kvinna med blomkål och pumpor på huvudet. När vi hade saktat ner kunde det ta en halvtimme innan vi fick upp farten igen och de många milen framför oss kändes som en omöjlighet. Den som var chaufför för tillfället försökte gasa på samtidigt som två andra med huvuden utanför fönstren och armarna viftande försökte uppmärksamma byborna på att vi ej kunde stanna.

Samtidigt som färden bekymrade oss så var vi även oroliga för målet. Det var undantagstillstånd, på grund av krig, mellan länderna och därför en hård gräns med mycket kontroller av papper och resgods. Vi var mest nervösa för alla de växlingskvitton man skulle visa upp för att bevisa att man inte svartväxlat. Och det var ju just vad vi hade gjort hela tiden, bakom buskar, i parker eller på bakgator. Ibland hade vi blivit lurade och ibland hade vi lurat växlarna och ibland hade vi av ren stress lurat oss själva och begärt lägre kurs än den som erbjöds. Vi var verkligen ganska garvade både i handel, prutning, svartväxling och backshish vid det här laget. Det senare var ett påhitt som gick ut på att när affären var avslutad skulle man få något extra, oftast köparen men ibland även säljaren. Senare i Kabul skulle vi göra en stor affär och då ville köparen ha en av mina vackra kompisar som backshis.

I takt med att vi trots allt närmade oss gränsen, så gick vi igenom olika tänkta scenarier och fick kalla kårar på ryggen av möjligheten att det var dödsstraff på att inte ha några växlingsnoter eller att vi skulle ha någon förbjuden smuggelvara i bagaget till exempel medikamenter, pärlor eller Blå Band-soppor.

Vi beslöt att följa landets seder och satsa på mutor och korruption. Således när vi äntligen med hackande motor nådde gränsen så uppgav vi att vi hade väldigt bråttom Till något viktigt flyg eller regeringssammanträde. För att komma igenom snabbt gav vi tulltjänstemannen något ur vår expeditionsutrustning, jag har glömt vad, men det var inte Lottas trasiga filmkamera, för den använder vi som muta vid nästa gräns. När vi väl vinkades igenom utan att ha visat rätt papper men väl många andra fel papper bestående av kvitton på lite av varje, så skulle vi med en rivstart bevisa att vi hade bråttom. Då sa bilen suck, suck och vi gled iväg i 5 km i timmen. Vi blev passerade av någon tvåpucklig kamel som verkade ha ungefär lika bråttom.

Vi korsade Pakistan på några dagar och bilen hostade upp något ohälsosamt och gick plötsligt mycket bättre. Så bra tänkte vi, för vi närmar ju oss stigningen i Khyber-passet upp till Afghanistan och där kunde det så här års vara snö. Medan vi bodde i bilen vid vägkanten någonstans gjorde vi upp hemreseplaner. Det verkade tufft att ta landsvägen till Lund efter vad vi upplevt med bilens begränsningar samt att ge sig in i vintern som vi började känna av. Visserligen hade vi redan tre vargskinnspälsar nedpackade i lådan. De hade vi inköpt i Kabul i oktober och skulle skydda oss mot att frysa ihjäl. Men ändå. Vi vände och vred på olika möjligheter och kom så småningom fram till att vi skulle stanna i Kabul och försöka sälja bilen och för pengarna skulle vi flyga hem. Vi hade övergett planen att köra hem via Kuwait där man fick mycket pengar när man lämnade blod. Men hur sälja bilen när vi måste ha en in- och utstämpel i Carnen i varje land. Hade vi inte det så skulle de insatta pengarna som kom från en inteckning i Lottas föräldrars hus i Visby förfalla. Om nu vår tänkta plan skulle hålla så gällde det att smuggla in bilen i Afghanistan utan stämpel. Det skulle vara en förutsättning.

Vi tog farväl av det gamla Indien och gjorde som Alexander den store och begav oss upp från Indusslätten upp mot de snötäckta bergen med Hindukush i fjärran. Vi klättrade upp i Khyber-passet och nu var det inte läge att sova på några repsängar utomhus. Inne i bilen var det inte heller varmt och nu skulle vi behöva vår Eberspächer som var en dyr pryl för att värma upp bilen utan att motorn var på. Nu var det så att den hade slutat fungera redan dag 2 då vi var i Tjeckoslovakien. Säkert bäst så med tanke på kolmonoxidförgiftning eller explosion.

Nu stod vi där vid gränsen och det gällde att koppla på ett vinnande sätt att gömma undan Carnen och att skicka fram Lotta med sin filmkamera som skulle överlämnas till dem som förstod sig på mutor. Att den inte fungerade bekymrade oss föga.

Det gällde att ha tur och hamna hos en snäll afghan som behövde en filmkamera, men som samtidigt inte begrep sig på funktionen och som förstod att vi behövde passera gränsen utan för mycket tjafs. Vi hade tur och en hel del skicklighet och plötsligt var vi inne i det vackra Afghanistan som skulle bli bilen Folkes fortsatta hemvist och sannolikt också hans sista vilorum.

Upp mot Kabuls höjder. Vi passerade Jalalabad med alla apelsinodlingarna och plötsligt var vi i denna märkliga huvudstad med män sittande på huk överallt insvepta i mantlar och pälsmössor eller sinnrikt lindade turbaner. Det såg ut att frysa, men samtidigt sprang små fattiga barn omkring i snömodden barfota i tunna små klänningar. Vi tog in hos familjen Engdahl några dagar innan vi flyttade över till hotell.

Nu gällde det att sälja bilen. Jag kommer inte ihåg hur det gick till men plötsligt hade en rik man med grå persianmössa och dyrbar vinterrock och fattat tycke för underverket. Vi provkörde med honom efter att först värmt upp motorn för att den inte skulle hacka för mycket. Dock verkade han inte så intresserad av bilens funktion. Vad vi förstår skulle han ha den som blickfång utanför sin affär. Ett sådant dyrbart kuttersmycke skulle dra åskådare och handelsmän till hans verksamhet som vi aldrig fick grepp om. Som jag nämnde tidigare i texten ville han ha bakshish i form av en av mina damer som skulle följa med bilen och höja dess värde. Så blev det ju inte utan han fick nog något mindre värdefullt än så.

Innan överlämnandet av bilen flyttade vi in på ett hotell i centrum. Vi var ju tvungna att ha ett utrymme där vi kunde ta in allt vårt pick och pack. Vi besparade familjen Engdahl denna happening. Plötsligt hade vi tre järnsängar och en vedkamin på hotellrummet - men ingen ved! Dock hade vi några hundra kilo utrustning och inköpta prylar. Under de kommande dagarna eldade vi med ägglådan och en stor del av dess innehåll samt den del av hotellrummet som bestod av trä. Vi gjorde det sparsmakade rummet vackert med äkta mattor, samovarer, gevär, mässingsprylar, musikinstrument och böljande sidentyger, adventsljusstaken av kullager och girlanger av fläktremmar och dylikt.

Nu gällde det att sälja det som gick att sälja. Vi fixade en egen mobil basar. Tältet gick till någon ökenvandrare, sovsäckar och babydoll-nattlinne till behövande, spritkök och köksutrustning till någon dam i burka och Elisabeths röd- och vitrutiga Brigitte Bardot bikini till en tonårskille som kunde drömma om dess innehåll. En del av vårt bohag bytte vi mot andra varor till exempel manschettknappar i guld med lapis lazuli eller ringar med turkoser. Vargskinnspälsarna behöll vi och tänkte resa hem i den munderingen. Återstående Blå Band soppor och toalett-pappersrullar frossade vi i på vårt hotell. Vi träffade en hel del intressanta typer på hotellet, bland annat en man från norra Afghanistan som påstod sig spela bridge. Härligt. Nu var vi fyra. Han fuskade utan någon större finess så vårt kortspelsförhåll-ande blev kortvarigt. Likaså med de västerlänningar vi mötte på restaurangen där vi intog våra måltider och utbytte erfarenheter.

Plötsligt var det julafton. Vi blev väckta väldigt tidigt på morgonen av hårda knackningar på dörren och fruktade att det var bilköparens kompisar som kom med Kalasjnikovs för att bilen inte startade eller för att ta tillbaka köpesumman. Den hade vi en unikabox och bestod av packar av sedlar. Vi hade fått 30 000 afs motsvarande drygt 2 000 svenska kronor för bilen. Köpeskillingen var erlagd i 10 afs-sedlar och tog således upp en hel väska. De som knackade på var inga utsända beställnings-mördare utan någon typ av säkerhetspolis som ville se våra papper. Den detaljen klarade vi bra.

Efter dusch i iskallt vatten begav vi oss till julfirandet i någon kristen kyrka där Lotta med tårar i ögonen läste julevangeliet efter kontakt förmedlad av Barbro Engdahl. Vi andra som nästan bara kunde sjunga "Så bister kall sveper nordanvinden" klämde i med "*Hosianna*" och "*Bereden väg för Herran...*" och kände att han gjort mycket för oss de senaste månaderna i form av delegering till skyddsänglar både här och där. Resten av dagarna gick åt till trevlig samvaro med den svenska familjen samt deras vänner. Dessutom hade vi kontakt med en schweizisk resebyråtjänsteman som skulle fixa våra flyg hem. Han hade blick för Lotta och när han dök upp i Moskva på nyårsafton var det inte bara å tjänstens vägnar även om han fått en hel väska med pengar av oss.

En eftermiddag, efter en god måltid, iklädd pepitarutig kostym och slips fick jag möjlighet att ta en ridtur i galopp i centrala Kabul. Härligt. Under årens lopp har jag ridit i Afghanistan, bland pyramider i Egypten, i Petra i Jordanien samt i kokospalmsskogen i Brasilien. En del summeringar av livsinnehåll känns extra angenämt.

Vi betalade således vår hemresa med innehållet i unikaboxen och plötsligt stod vi där med flygbiljett till Tasjkent vidare till Moskva med Aeroflot därefter tåg till Helsingfors och så flyg till Köpenhamn. Man fick mycket för pengarna på 60-talet.

Nu var goda råd dyra. Vi hade cirka 60 kilo övervikt var, när vi minimerade vårt bagage. Vi påbörjade redan nästa dag vår stora smugglingsplan. Den bestod i att de som kunde sy, sydde stora fickor på insidan av våra pälsar. Där hamnade så småningom våra mässingsägodelar, patologiböcker, fullskrivna dagböcker, tunga marmortallrikar och många andra någorlunda platta tunga prylar. Se där hade vi fått ner bagagevikten en del, men inte pälsvikten. Vi stoppade en liten äkta matta i ett kuddfodral, liksom spegelarbeten och hade som flygplanskuddar mot dålig rygg. Så lindade vi in det antika geväret i några jeans och användes som krycka under hela hemresan. Detta dels för att minska bagagevikten, dels för att man inte fick föra in vapen eller resa i Sovjet med vapen hur obrukbara de än var.

Påklädda i denna reseutrustning blev vi utkörda till flygplatsen av familjen Engdahl och tog ett varmt farväl. Barbro var iklädd sin broderade mockakappa med snöleopardfoder. Inte olik en hippiepäls.

Nu gällde det att med allt bagage och alla accessoarer ta oss igenom tull och kontroller utan att behöva betala övervikt. Detta lyckades vi med, nu med någon muta som var ett intet av vad övervikt till Köpenhamn skulle kosta. När vi senare bytte plan i Tasjkent så fick vi peka ut våra 22 kollin som lastades om utan någon ny viktkontroll. På flygplatsen i Kabul träffade vi en engelsman som var i knarksmugglarbranschen. Vår rutt var tydligen en bra väg för sådan verksamhet. Vi visade upp insidan på våra pälsar för honom och han var mäkta imponerad av vår djärvhet med så många kilo. Han trodde att det var något annat än böcker och souvenirer och det lät vi honom tro.

Nu flög Elisabeth för första gången i sitt liv. Det var Afghan Airlines som tog oss över Pamir där vi såg småvägar och mycket, mycket snö. Vi var glada över att vi inte rullade fram där nere med en grå folkabuss med rutiga gardiner. Elisabeth hade trott att det skulle susa om öronen och var lite besviken men å andra sidan fick hon uppleva buller av flygplanet samt inredningen som for omkring i luftgroparna. Den eleganta broschyren för taxfree ombord delades inte ut förrän strax före landningen beroende på att de inte hade några av varorna till försäljning. I Tasjkent, medan de lastade om bagaget, blev vi utspisade i en mycket sovjetisk restaurang eller kantin. Det ingick i priset för resan och för varje sparad slant upptäckte vi att vi hade mycket pengar över till nyårsafton i Moskva.

Vi hamnade på det eleganta Hotel National intill Röda Torget. Vi fick varsitt rum om jag inte minns fel.

Nu gällde det att klä upp sig i våra uppsydda indiska kläder för att äta dricka och dansa och umgås med de festklädda ryssarna. Så inte, vårt bagage hade av misstag åkt tillbaka till Tasjkent och skulle inte komma tillbaka förrän dagen därpå. Så stod vi där igen, bland ryssar i fel klädsel. Hela och rena men definitivt ej i nyårsaftonsstass. Men pengar hade vi som gräs. Hotellpriset ingick i flygresan. Det blev väldigt mycket rysk champanski och kaviar i alla former. En del av personalen misstrodde oss på förståeliga grunder, så vi fick betala vissa beställningar i förskott. Vit och rosa champagne, svart, grå och röd kaviar, blinis och något skaldjur satte vi oss. Det var verkligen final som heter duga på en mycket strapatsrik expedition. Förutom att vi betalade själva blev vi bjudna som vanligt på både vodka och gästfrihet.

Nästa morgon hade vårt bagage anlänt och efter en sväng på Röda Torget och Kreml bland bakfulla ryssar kunde vi ta nattåget till Leningrad och Helsingfors. Vi delade kupé med någon sovjetkamrat med portfölj. Han hade klara svårigheter att få plats med den. Vi hade en tjock babusjka som serverade te från samovar. Äkta matta på golvet i kupén, dusch och egen toalett. Vi sov gott sista natten på vår resa.

I Köpenhamn mötte Elisabeths mamma och mina föräldrar. De var glada att se oss och var klart imponerade av våra resplagg. Någon mässingsbricka föll i stengolvet på Kastrup när vi kramades. Jag hade ju blivit erbjuden 40 kameler styck för flickorna och jag kunde inte låta bli att tänka på hur mottagandet skulle ha blivit om jag stått där med 80 kameler. Vi åkte till Lund och hem, var och en till sitt och kunde nästan inte fatta vad vi klarat av. Man hade vuxit med äventyret, kunde ta hand om sig själv och hantera rädsla och umbäranden. Frieribreven till mig angående mina expeditionsvänner började trilla in. Där var bland annat ett från en pakistansk löjtnant och han fick samma svar som de andra att jag hade gift mig med Elisabeth.

Vi levde lyckliga tillsammans i 40 år och Lotta blev en politiskt medveten tärna i sari på vårt bröllop körande en lånad Volkswagenbuss.

-o-

PÅ VÄG
III

I Centralafrika på cykel
utan broms
2008

Till Elisabeth

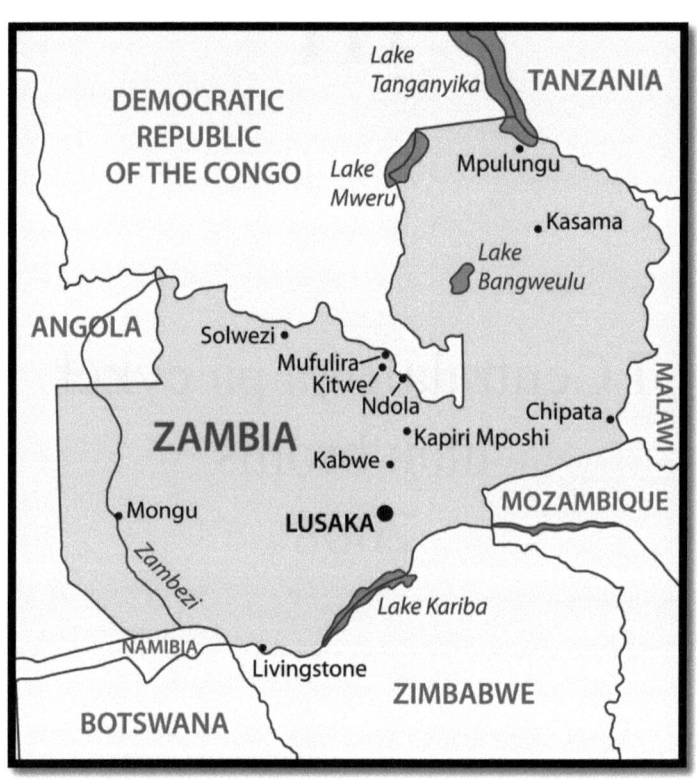

MPONGWE

– Hello Doc! How are you? Barnen ropade och sprang fram emot den leriga stigen där jag cyklade fram bland hus och hyddor, majsfält och elefantgräs i ett busklandskap utan stora träd. Det var i norra Zambia utanför byn Mpongwe cirka 100 km från staden Luanshya och ytterligare några tiotal kilometer från Ndola i kopparbältet på gränsen mellan Kongo och före detta Nordrhodesia, nu Zambia. Huvudstaden Lusaka låg många, många mil söderut och långt, långt från Victoriafallen i landets andra ända på gränsen till Zimbabwe, Botswana och Namibia. Avstånden i Afrika är enorma. När jag en gång höll ett föredrag för franska rotarianer fick de gissa vad de trodde om Zambias storlek. De flesta gissade på någonting i storleksordning som Belgien och blev väldigt förvånade när de fick veta att det är nästan lika stort som Frankrike och Spanien ihop. Där cyklade jag på en kinesisk cykel utan broms. Det låter farligt men stora delar av landet är väldigt platt och lättcyklat bortsett från vattensamlingar och lera under regnperioden samt små floder och bäckar där vägen sluttar neråt och där man måste bromsa med foten i marken när man passerar utan broar.

Landet är glesbefolkat utom längs vägar och stigar samt i storstadsområdet i norr och omkring huvudstaden. Just där jag cyklade var det massor av glada, vackra och friska barn som kom rusande från lerhusen ut mot vägen. De kände igen mig eftersom jag passerat många gånger samt för att jag kanske hade träffat dem på sjukhusets mottagning eller arbetat ihop med någon från byn. Ryktet spred sig snabbt. Det var inte många som jag som cyklade omkring där så det var inte så konstigt att jag var igenkänd. Dessutom hade jag lärt mig några ord på det lokal språket bemba och som jag förmodligen uttalade fel och därför gav upphov till glädje och skratt. Härliga ungar och höns och getter och någon enstaka ko fanns i de små bosättningarna som sannolikt var gårdar med släkten i olika hus och hyddor.

När jag inte cyklade jobbade jag som Rotaryläkare, en del av den Skandinaviska Läkar-banken, på sjukhuset i Mpongwe. Ursprungligen var det en missionsstation som grundats av någon svensk frikyrka i början av 1900-talet. Möjligen var det Missionsförbundet men nu hade skolor, kyrka, sjukhus och alla byggnader övertagits av zambiska baptister ihop med staten. Säkert hade här genom åren gjorts medicinska underverk och predikats om andra underverk. Man hade sålt in vår religion och våra värderingar till ett pris av bra sjukvård och skolor för befolkningen. Dessutom många arbetstillfällen och ökat välstånd i vår mening. Man hade också dragit med sig olycka, alkohol och andra koloniala biprodukter, även om detta inte var meningen.

Hur man än vände och vred på det så var jag den vite mannen som cyklade förbi, stigmatiserad av uppfattningen om att vara den gode eller den onde. På swahili, som man ej talade här, var ordet "mzungu" det samma som "farlig, vit man" och detta ord fanns på en del T-shirts och skämtartiklar. Dock, just här, kände jag mig mycket välkommen och de flesta uppskattade sannolikt det man gjort för området och det som fortfarande erbjöds. Succesivt under många år hade man försökt att överföra all verksamhet till zambierna, men resultatet var ibland nedslående. Korruption, stölder och brist på solidaritet samt förstås religiösa och sociala konflikter hade försvårat utvecklingen. Att inte alla vita i denna landsdel var älskade har vi ett kvitto på. Det var när man sköt ner Dag Hammarskjölds flygplan under 60-talets krig i Kongo och delstaten Katanga just på andra sidan gränsen, norrut. Då gällde det mycket makt, koppar, landsgränser, vapen och familje- och stamstrider. Mitt i allt detta var det också spänningar mellan traditionell religion, islam och katolska kyrkan samt frikyrkorna. Alla hade rekryterat troende med ojusta medel fick man ett intryck av. Så inte nu. På sjukhuset tog man emot alla oavsett religion eller etnicitet. Alla behandlades inte riktigt lika men så gott man kunde. Under min vistelse hörde jag nedsättande kommentarer om aidspatienter och alkoholister men jag tror att både de och Jehovas vittnen fick den bästa vård vi kunde prestera. Ibland ställdes makt och status mot enkelheten. En morgon på ronden fann jag en äldre kvinna liggande på stengolvet under sängen. Hon hade vita elfenbensarmband som visade att hon var prinsessa men var van att sova på hårt underlag. En annan gång hittade jag i sängen med speciell omvårdnad en före detta regeringsmedlem som hade bott på Grand Hotel i Stockholm när hon var på officiellt besök med president Kenneth Kaunda för många år sedan. Han var en av den svenska socialdemokratins favoriter och lyckades utverka mycket ekonomisk hjälp till landet med tveksamt resultat. På samma sätt som vi öste in hjälp från hjärtat och inte från hjärnan, till Tanzania.

Jag cyklade norrut och där träffade jag en gammal bekant som saknade ett ben. Han hoppade runt på två kryckor på grund av att protesen som han hade fått på sjukhuset hade gått sönder. Den gick inte att laga och han kunde inte få en ny.

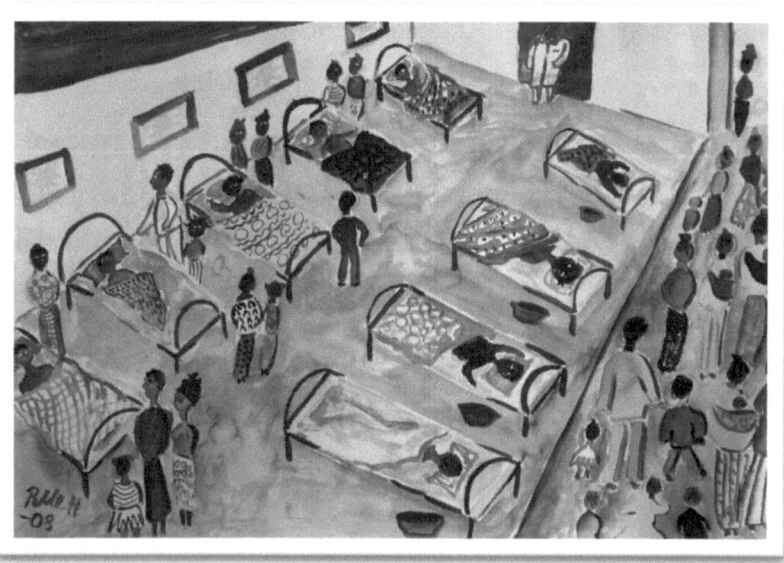

Han höll på med något eget träsnideri i folklig stil i väntan på hjälp. Jag lovade honom att göra vad jag kunde men visste samtidigt att väldigt mycket stals från de containrar som skickades från Sverige. De fick vänta i hamnen i Dar el Salam väldigt länge och var då lätta att tömma på det bästa. Där i hettan hamnade också medikamenter och vaccin som var för-störda när de väl nådda fram till sjukhuset. Däremot kom annat fram, till exempel sänglampor till alla sängplatser. Dessa gick inte att använda på grund av vägguttagens konstruktion. Däremot kunde man sätt upp alla skänkta skåp i laboratoriet eller operations-salen. Dock sattes de upp och ner varför hyllorna i skåpen föll ner med jämna mellanrum.

Jag trampade vidare och nådde en liten flod och tog mig genom vadet någorlunda torrskodd. Där träffade jag massor av barn som badade och lekte i vattnet helt obekymrade om att det fanns krokodiler i området. Där fanns också en fiskare som fångade väldigt mycket små fiskar, som svenska spigg. De torkades och såldes sedan på marknaden. Som fångstredskap hade han ett mycket finmaskigt malarianät som förmodligen var skänkt av någon hjälporganisation. Prioriteringen om man skulle samla mat till familjen eller förhindra sjukdom är inte alltid så lätt.

Apropå krokodiler, så såg jag aldrig några sådana, men jag var väl förberedd. Jag hade hittat en bok i gästhuset där jag bodde. Den gav praktiska råd för livet i tropikerna. Där stod att läsa att om man höll på att ätas upp av en krokodil men fortfarande hade en arm utanför gapet så skulle man försöka att trycka ut krokodilens öga och sedan ta sig ut! Det stod som kommentar att det inte fanns så många rapporter om huruvida tillvägagångsättet varit framgångsrikt.

Det var väldigt många djur därute som man inte såg. Men de fanns där; till exempel schakaler som på nätterna slogs med hundarna. Enligt medicinska källor fanns det utbredd rabies både bland hundar och schakaler. Sjukhuset hade på alla sätt försökt att informera befolkningen om faran med bett. Om möjligt skulle man ta med sig djuret som bitit till sjukhuset eller observera det några dagar. Kunde man inte det så behandlades man så som rabiessmittad och fick vaccination som konstigt nog gav skydd även om det var i efterhand. En natt dök det upp en man på sjukhuset. Han hade blivit biten av en schakal som han försökt schasa bort från sina höns. Vis av att han tagit till sig av informationen lyckades han fånga djuret som han sedan ströp och tog med sig till akutmottagningen.

Vidare på cykel. Jag kom till en by där jag träffade den man som hade ansvaret för att dela ut aidsmedicin till de smittade och sjuka. Sådana dyra medikamenter gick inte att dela ut direkt till den drabbade. I så fall skulle man kanske sälja eller dela med sig så att ingen fick tillräckligt hög dos. I varje by hade sjukhuset en betrodd person som höll i medicineringen och rapporterade; sannolikt ett hedersuppdrag men alls inte lätt. De aidssjuka var då fortfarande en grupp som man föraktade, isolerade och bespottade. Den som hjälpte dem och var sjukhusets långa arm hade nog svårt att värja sig mot övertalning att ge medicin till fel person eller att ha auktoritet att få den sjuke att inta läkemedlet som i många fall hade svåra biverkningar.

Allting har säkert blivit mycket bättre angående detta. Dels är patienterna mindre stigmatiserade, dels är medicinen billigare tack vare Kina, Indien och Brasilien som tillverkar synonympreparat till lågt pris. Det är en lycka för utvecklingsländerna att man kunnat kringgå patentkrångel. I och för sig måste förstås forskningen löna sig och belönas för att få tillbaka ekonomiska satsningar men det skall belasta staten och inte den enskilde patienten.

Längs cykelvägen fanns glada, friska, välgödda människor men också utmärglade sjuka med sannolikt HIV-smitta, som var orsak till många andra sjukdomar så som tuberkulos, andra infektioner och många cancerformer. De som jag mötte hade ingen svårighet att ta sig till sjukhuset. Det rörde sig bara om några mil till fots, men den största delen av befolkningen har mycket långa avstånd för att komma fram och många dukade under på färden till fots, på cykel eller på någon kärra som anhöriga drog. Jag hade arbetat ett par år tidigare i Kenya och sett aidstragedin i än värre skepnad. Då sattes många döende i ett transportmedel för att åka hem levande. Detta för att det blev för dyrt att dö på sjukhuset och behöva transport som lik.

Jag cyklade norrut och passerade flera skolor med barn i skoluniform och mycket engagerade lärare som jag tidigare hade kommit i kontakt med. Lösningen på Afrikas problem är inte ökad hjälp utifrån utan duktiga okorrumperade lärare och elever som får gratis undervisning i skolan. Med utbildning ser framtiden ljus ut men med religion och matpaket ser det mörkt ut. Ofta lockar man barnen till skolgång med ett ordentligt mål mat om dagen. Det serverades alltid någon sorts majsgröt som alla älskar att äta morgon, middag och kväll. Fullständigt utan smak enligt min uppfattning. Jag träffade på skolor där det var obligatoriskt för varje elev att ta med en bit ved eller annat bränsle till skolan varje dag. Det kunde vara ett torr trädgren eller en liten planka eller något skräp man hittade längs vägen. Av detta gjorde man upp eld på skolgården och där i en stor kittel tillreddes skolmåltiden. Man kan se framfar sig skämtteckningarna från förr när afrikaner kokade missionärer i en stor gryta under öppen eld! Så icke nu. Det blev majsgröt till allas lycka!

Jag slirade fram mellan små majsåkrar där man för hand hackat upp en jordlott så stor att avkastningen skulle räcka till hushållets årsförbrukning, men inte mer. Slog skörden fel, vilket den gjorde allt oftare på grund av regn och mera torka så var det svårt att få mat till barnen. Någon penningekonomi fanns inte så man kunde inte köpa mat mer än i undantagsfall. Varför var det så? Varför inte större åker som gav mer mat? Det fanns gott om outnyttjad mark. Begränsningarna var många; dels kroppskrafter, dels utsäde, dels på grund av systemet i nästan hela Afrika som gör att man inte äger sin jord. Den ägs av lokala kungafamiljer som kan byta ut bondens åker till en annan från det ena året till andra och därför gör bonden inga personliga uppoffringar för att förbättra arealen. Dessutom är det så att om brukaren inte äger jorden så kan han inte låna pengar för investeringar som till exempel att köpa en traktor. Han kan aldrig arbeta ihop ett kapital. För att vända på ett känt uttryck "så är man inte fri om man inte kan låna pengar". Detta ekonomiska system lamslår hela Afrika utom för de mycket stora farmarna där man odlar kaffe eller sojabönor. Jag körde förbi sådana plantager med biologisk enfald. Hundratals hektar med grödor som var så hårt besprutade att inte ett enda ogräs växte. Heller ingen blomma mer än sojabönans egen. Man hade bränt ner busk- och skogsvegetation för att skapa dessa klimatfientliga odlingar. Å andra sidan gav de inkomster till ägarna och i bästa fall till landet. Jag cyklade in på en av dessa stora egendomar efter passage av flera grindar och vakter som accepterade mitt besök för att jag var Doktorn. Dessutom ägde den före detta missionsstationen, med sjukhuset, stora arealer som var utarrenderade till sannolikt huvudsakligen utländska patroner. Detta för att finansiera skolor och sjukvård. Allting har två sidor.

Jag körde in bland lantarbetarbostäderna som i sin fattigdom och glädje påminde om amerikanska Södern med Onkel Tom och Porgy and Bess. Förmodligen var det här ganska torftiga skolor för barnen som tvingades kvar i statarstrukturen och den sociala ärftligheten. Kaffeplantagerna var av samma mönster, men så vackert med dessa höga kaffebuskar med glänsande blad och rödbruna frukter. Sannolikt fantastiskt vid blomning men det såg jag aldrig.

Jag stannade i en liten by där Gift bodde. Han gick i motsvarande mellanstadiet och behövde hjälp med skolavgiften för att kunna fortsätta och så småningom gå i högstadiet på annan ort. Han och hans familj hade försett mig med så mycket mangofrukter jag kunde äta morgon, middag och kväll. Vi hjälptes åt att klättra i träd och plocka. Jag besökte hans farmor som hade fått ett nytt litet hus av en som bodde i Lusaka. Hon hade både kök och toalett och täta väggar där ingen orm kunde ta sig in. Hon njöt av sin rikedom och försökte värva mig till "Sjundedagsadventisterna" eller om det nu var Jehovas Vittnen. Jag tog gärna emot mango och hjälpte barnbarnet med skolavgiften, men sin tro fick hon ha för sig själv. Som Rotarydoktor skulle man vara religiöst och politiskt neutral vilket inte var så lätt när missionsstationens församling försökte få in mig i bönecirklar och bibelstudier samtidigt som man fick huka när den katolske prästen kom för att stänka vigvatten på sina undersåtar på sjukhuset före döden. Jag deklarerade tydlig att jag bara trodde på "Den gyllene regeln" som sa samma sak i både kristendom, islam, judendom, hindi, sikhism och buddism. "Allt vad I viljen att människorna skolen göra eder, skall ni ock göra för dem" eller vända på den och säga "Du skall inte göra mot andra vad du inte vill att de ska göra mot dig". Textformen kan växla men innebörden är densamma.

Jag försökte under korta stunder närvara vid olika frikyrkors gudstjänster men förstås mest i missionsstationens kyrka som såg ut som en svensk bred vit kyrkobyggnad med fyrkantigt torn av obetydlig höjd. Jag har sett liknande byggnader i Västergötland. Man höll gudstjänst under 4-5 timmar på söndagarna. Jag var aldrig där mer än någon timma och då uppmärksammades jag så att en översättare parallelltalade på engelska från predikstolen. Fullständigt obegripligt. Gudstjänsten var härlig i sin glädje, musik, sång och dans. En "happening" där man fick in tro, hopp och kärlek och en hel del löften om helvetet och arvsynden - om man inte trodde rätt!

Som jag nämnde så var det väldigt bra att ha ett tätt hus. Dels för att hålla sig torr under regnperiodens häftiga åskskyfall, dels vad beträffar ormarna som tog sig in om inte huset var välbyggt. De sökte sig på natten till värme och därför inte sällan hamnade intill barnen på golvet. När de sovande rörde sig i sömnen högg den ofta giftiga ormen och hade man tur och bodde nära sjukhuset så kunde man få hjälp, annars fanns inget att göra mer än traditionella kurer. Detta var livets villkor.

När jag arbetade i Kenya två år tidigare hade min hustru Elisabeth flätat otaliga hängmattor av åsnerep för att ge till familjer för säkrare sovplatser för barnen. Hon lärde dessutom ut hantverket till en del kvinnor för att de skulle kunna fortsätta detta lilla projekt själva. Man kan inte förstå varför evolutionen inte har valt att uppmuntra till bättre förebyggande hälsovård. Så mycket enkelt och basalt som måste läras ut. Hur blev det så?

Jag cyklar in på missionsstationens område. Vid entrén finns små hus och vindskydd där anhöriga till patienter kan övernatta om de inte väljer att sova på golvet intill den sjuke. I husen bor också en del kvinnor som väntar på sin förlossning eller de som behöver vila inför den långa vandringen hem sedan de blivit utskrivna. Där finns också sjuka som övernattar i vänta på att få komma först i kön av de flera hundra som söker hjälp följande dag.

Själv trampar jag hem till gästhuset där jag har ett rum samt gemensamt kök, vardagsrum, TV och toalett med andra tillfälliga gäster. Där lagar Angela min lunch och där lagar jag min egen kvällsmat. På kvällarna målar jag akvarell till ett fladdrande elektriskt ljus som är mycket lynnigt och ibland uteblir helt. Då får man ta till pannlampa. TVn fungerar nästan aldrig. På kvällen lagar jag ofta kantarellomelett. Här saknas ju svenska skogar, hagar och buskar men ändå är det otroligt mycket gula kantareller så här års i elefantgräset. Lite sandiga men annars exakt i smaken som våra svenska läckerheter. Svamparna säljs i säckar längs stora asfaltsvägen där det passerar enstaka bilar och cyklister som jag. För en mycket billig penning kan man få en god kvällsmat.

Ägg och pasta finns att köpa på marknaden liksom en uppsjö av frukt och grönsaker. I januari och februari är det mycket avokado och mango. De förra behöver jag inte köpa för jag har ett stort avokadoträd nära mitt hus. Man kan plocka stora härliga frukter som fallit ner på natten från det höga fruktträdet. Mango behöver jag inte heller köpa. Det får jag av Gift. Byns protein-källa, förutom ägg och getmjölk, är vad man kallar "caterpillar". Det är stora, gula och svarta larver som man grillar. Sjukvårds-mässigt ger de mycket allergiska reaktioner men det var inte det som hindrade mig att köpa eller smaka.

Ut på asfaltsvägen igen. Där cyklar tungt lastade män med stora säckar av träkol som man framställt vid sin egen mila. Träkolen används vid all matlagning och marknaden verkar vara oändlig men till ett lågt pris för säljaren och ett högt pris för miljön och klimatet. Snart finns inga träd kvar i busklandskapet och då är det nära till savann och så småningom öken om torrperioden blir allt längre och regnmängden minskar.

Den afrikanske bonden håller fast vid att varje år odla majs fastän skördarna på grund av torkan, blir allt mindre. Majsen är ju inte en inhemsk gröda utan kommer från den amerikanska kontinenten så man borde återgå till de sädesslag som härstammar från Afrika som till exempel sorgum, hirs och durra. Detta trots att majsgröten ju är så god!? Likaledes är lagringen av majsen mycket vansklig. Dels äter möss och råttor upp en stor del, dels vid väta i icke luftade utrymmen bildas det ett mögelämne, aflotoxin som är mycket giftigt! På sjukhuset stötte jag på hela familjer som var döende i skrumplever som orsakats av aflotoxinförgiftning. Det var ett långt och utdraget lidande med svullen lever och vätska i buken. Vi hade inget botemedel för dem.

På den asfalterade vägen cyklade också bönder på väg till marknaden med en eller två getter fastbundna på pakethållaren. En härlig syn men tungt i uppförsbackarna. Asfaltsvägen användes också för grymma uppgörelser mellan män och/eller familjer. Man band fast en tillfällig ovän, ofta berusad, i dragkroken på ett fordon och sedan släpades han på den ojämna vägbeläggningen. Hemska skador, som sedan via infektioner ofta var dödliga. Det var också alla de svåra brännskador vi fick ta hand om. Mestadels rörde det sig om epileptiker som fått ett krampanfall och ramlat in i elden i hemmet. Förfärligt. Det fanns också brännskador efter familjegräl där maken hällt fotogen på hustrun eller en rival och sedan tänt på. Det blev en smärtsam och långvarig behandling med trist resultat. Alla dessa grova våldsdåd, även slagsmål med machete, var oförståeliga och ofta kom förövaren till sjukhuset redan dagen efter dådet för att hälsa på offret. Då var stämningen ofta inte så dålig som man kunde förvänta sig.

Norrut igen på leriga vägen, många kilometer till Kafue River. Det är en stor och mäktig biflod till Zambezifloden och avvattnar norra Zambia upp till vattendelaren vid kopparbältet. På andra sidan gränsen tar floder vid som så småningom och rinner samman till en av världens största floder, Kongofloden. I gränstrakterna flyter vattnet antingen till Indiska Oceanen eller till Atlanten. Här går också skiljelinjen mellan engelskan och franskan. De flesta talar förstås det lokala språket som kan vara detsamma på båda sidor om gränsen.

Jag cyklade på små stigar för att nå fram till ett färjeläge över den flera hundra meter breda floden. Man hade varnat mig för Afrikas farligaste djur, flodhästen, som betade i vegetationen på båda sidor om vattnet. Ibland kunde de bege sig långt från floden. De var farligast i gryningen, men då var jag inte där. Det kändes otäckt spännande. Flodhästen, *hippo*, dödar fler människor i Afrika än något annat djur. De anfaller och trampar ihjäl sitt offer och betar sedan lugnt vidare. Längs vattendragen finns förstås också krokodiler och ormar men ingen av dessa farliga djur var sugna på en sentida Dr Livingstone som for förbi på en cykel utan broms.

På vägen tillbaka hälsade jag på en av mina patienter. Det var en man med lepra, spetälska, som hoppade fram på en halv fot med hjälp av en hemgjord, sinnrik krycka. Näsan, fingrarna och en fot var borta men han klarade sig bra och skötte sin trädgård med frukt och grönsaker samt några höns. Han hade varit på sjukhuset för att få hjälp med sår på den sista halvan av foten. Han hade berättat att han bodde vid Kafue River. Lepra är en sjukdom där man av en nervskada tappar känseln och därför blir invalidiserad av skador av eld och andra trauman. Numera finns det botemedel så jag såg aldrig några unga människor med den sjukdomen. Förhoppningsvis kommer den att försvinna liksom smittkoppor och snart även polio har gjort. Ur vissa synvinklar blir faktiskt världen bättre och bättre. Det tyckte också Hans Rosling. Vid floden köpte jag en liten okänd fisk som vad jag förstod var ätlig och den lade jag på pakethållaren och tillredde med kantareller på kvällen.

Längs vägen, i buskarna, var det massor av helt knallröda fåglar. De visslade snarare än sjöng. Ljudet var inte alls olikt det som grodorna utstötte i våtmarken. Det var ett sorts högfrekvent ploppande och plippande till ackompanjemang av fåglarnas visselkonsert. Jag hade med mig en bok med bilder på Afrikas fåglar och djur men inga visade upp sig så som i boken mer än möjligen hornbill med sin stora böjda näbb. Den kilade ut och in i ett hål i trädet när den inte satt och såg förnäm ut i en trädtopp. Förmodligen undrade den vad jag var för en typ i hatt och med en fisk på pakethållare. Bland de lätt igenkännbara fåglarna fanns också pärlhöns eller något liknande som i grupp passerade min väg.

Enligt uppgift var det länge sedan man sett en elefant i trakten och lejon och leopard fanns inte här försäkrade man mig. Jag kände mig heller aldrig rädd eller hotad av människor.

Jag cyklade mestadels på lördagar och söndagar. Kanske var alla de snälla människorna på vägarna då. Alla var mycket hjälp-samma och vänliga, också vid punktering eller kedjebrott som gav upphov till att jag fick möta härliga typer som alls inte verkade tycka illa om, eller var rädda för, vit man.

JOBBARKOMPISAR

En av mina närmaste medarbetare var syster Erna; en bister tysk barnmorska med en kristen tro utan lullull. Sannolikt var hon en sann protestant eller kalvinist eller kathar om sådana finns kvar sedan medeltiden. Hon var en skicklig yrkeskvinna som arbetat för olika kyrkor i Afrika i hela sitt liv. Hon hade tjänstgjort i Niger och Tanzania men nu sedan många år i Zambia. Hon hade ett eget hus, en egen vakt och en egen väska med alla förlossningsinstrument och vårdprylar som hon kunde tänkas behöva. Absolut ingen på sjukhuset fick röra den och om så skedde hördes hennes upprörda militäriska tyska över hela missionsstationen. Att hon hade egen vakt dygnet runt utanför sitt hus berodde på att hon blivit misshandlad en natt vid ett inbrott. Hon skulle snart sluta sin livsgärning och flytta hem till Tyskland. Man kan undra hur det ska gå, tänkte jag när jag cyklade förbi och såg henne skörda guava (myrtenväxt) i trädgården. Hon avskydde dansen, musiken och höftrullningarna under gudstjänsterna i kyrkan, vilket inte var förenligt med hennes tro. Hon var mycket strikt och dominerande men väldigt mjuk, god och vänlig mot alla de stackars mycket unga flickor som var gravida efter att ha våldtagits oftast av någon i familjen medan de nästan ännu var barn. Så många påtvingade graviditeter som band den unga kvinnan vid ett barn och förstörde alla hennes drömmar om att gå i skolan och att få ett yrke. Illegala aborter hos kloka häxdoktorer var mycket vanligt och resultatet med stora blödningar, infektioner och framtida ofruktsamhet var inte ovanligt. Tack och lov var det inte ett katolskt sjukhus. Jag hade arbetat på ett sådant två år tidigare i Kenya. Där var inställningen till våldtagna kvinnor fördömande. Aborter, även medicinskt korrekta, samt preventivmedel var förbjudna. Denna erfarenhet hade jag med mig när jag skulle resa till Zambia och därför inhandlade jag något tusental kondomer på apoteket i Västervik till personalens stora förtjusning. Nu var behovet inte lika stort i Mpongwe för inom frikyrkan delade man ut preventivmedel på mottagningen. Så dags då!?

Syster Erna var motsatsen till Fader Justus som jag lärt känna på sjukhuset i Kenya. Detta låg i anslutning till ett nunnekloster. Här var det fritt fram för vin på bag-in-box samt smygprovning av nattvardsvinet men man tillät ej preventivmedel till folket. Fader Justus hade utbildats i Italien men uppvuxen på den afrikanska landsbygden. Han älskade grappa, torkad skinka samt parmesanost. Inget var lätt att finna där han hamnade. Jag är glad att jag inte mötte honom när jag var ute och cyklade.

Han hade en motorcykel som i hög hastighet tog honom mellan de 160 församlingarna, oftast på smala stigar där åsnorna bär vatten i halkig lera och grus. Fader Justus kan bli den förste färgade påven? I så fall kan kanske också syster Erna bli helgonförklarad. Outgrundliga äro Herrens vägar!

En söndagseftermiddag cyklade jag tillsammans men en mycket trevlig och kunnig Medical Officer som inte fick kallas doktor utan Mister X iväg på en spännande tur. Vi skulle till den bottenlösa sjön Lake Kashiba som låg ett tiotal kilometer väster ut.

LAKE KASHIBA - THE MYSTICAL...

Det var bortom där asfalten tog slut med lera och rinnande vatten överallt på stigen. Sjön är en märklig skapelse mitt i lite djungelliknande grönska. Den var cirka 500 i diameter och omgiven av branta klippor. Den hade ett mycket stort djup som var okänt. På grund av att det inte var sand eller sluttande stränder var det ingen risk att ådra sig snäckfeber, bilharzia, så därför vågade jag bada där. Det fanns heller inga krokodiler i sjön. Visserligen kändes vetskapen om det stora djupet otäck liksom kännedom om vad som fanns där långt ner på botten! För mycket länge sedan, berättade byborna, hade det varit krig mellan två stammar i området. Den befolkning som förlorade och blev underkuvade, begick kollektivt självmord genom att binda sig samman och med tyngder dränka sig i sjön. Enligt uppgift fanns de fortfarande långt därnere.

Något år efter vår cykeltur fick jag veta att min begåvade kollega och utfärdsvän den dagen hade avlidit i AIDS. Hustru och barn fick lämna missionsstationen och ingen vet vad som hände med dem. Vid daglig kontakt med blod, kroppsvätskor, var och slem, var det väldigt lätt att få HIV-infektion, tuberkulos eller hepatit C. Han hade haft otur.

På vägen hem längs den asfalterade vägen var det folkvandring fram emot skymningen liksom varje kväll och mest på söndagarna. Man var ute och gick med familjen, med sin get eller med sin fullastade kärra. Man återvände till byn efter arbetet eller vandrade hem efter en dag på marknaden eller sjukhuset. Mestadels var det unga män eller flickor i grupp. En sorts "mödomspromenad" som jag sett i olika former i världen, allt från Strandvägen i Stockholm, piren i Brighton, hamn-promenaden i Larnaca eller stadsparken i St José i Costa Rica. Man visade upp sig och vem man var, alltid med något sällskap. Här träffade vi Wisdom, en manlig sjukskötare, barnmorska och lärare på sjukhuset. Han hade hustru och två små barn. Han hade som många andra ett namn som förpliktigade och hade stora drömmar om att vidareutbilda sig i Lusaka för att bli administ-ratör eller kanske hälsominister. Honom hjälpte jag två år senare med pengar till studierna, Jag hoppas att det gick bra för honom och familjen.

Apropå namn så kallades jag Doktor Pelle och eftersom jag vet att man snappade upp namn lite här och var åt sina nyfödda så springer det förmodligen omkring någon afrikansk Pelle numera i trakten av Mpongwe.

Förutom Wisdom arbetade jag förstås med läkaren på sjukhuset. Då 2008 fanns det bara en, medan det fanns flera Medical officers. De var en sorts barfota läkare som var mycket skickliga på att ställa diagnos och behandla de vanligaste sjukdomarna. De gjorde också komplicerade kirurgiska ingrepp samt klarade av svåra förlossningar. Många av dessa unga män, och även någon kvinna, drömde om att kunna läsa vidare för att bli doktorer med doktorns lön.

En av dessa var Steven Malambo. Han lyckades få ekonomiskt stöd och läste under flera år medicin i Ryssland och höll sannolikt på att frysa ihjäl där? Han hamnade också i Sverige på en gynekologikurs hos Staffan Bergström som gjort mer än de flesta för medicinutbildningen i Afrika. Hoppas att det har gått bra för Malambo. Han var veterligen kompetent om än han ibland opererade i svart kostym och slips när hans religion Sjundedagsadventisterna påbjöd detta!

Min läkarkollega var Doctor Okoko från Kongo. Han hade utbildat sig i hemlandet i det som förr hette Stanlyville men numera Kisangani. Politiska oroligheter och krig där hade gjort att han med familjen flyttat till Zambia. Han och jag pratade ibland franska på ronden när vi inte ville att de andra skulle förstå. Han var mycket skicklig och vänlig och både mot sina medarbetare och sina patienter. Annars var det nog si och så med respekt för patienterna som ofta fick stå ut med svåra undersöknings- och behandlingsupplevelser utan tillräcklig smärtlindring eller samtycket. Dr Okoko hjälpte mig mycket med att komma in i det praktiska arbetet på vårdavdelningarna och i "minor theater". Detta var den lilla operationssalen där man tömde ut var eller skar loss död vävnad efter brännskador, gipsade frakturer eller sydde ihop efter olyckor.

Dr Okoko bodde i det finaste huset inom missionsstationen. Dit blev jag hembjuden på majsgröt tillsammans med chefsadministratören som levde gott med sin familj i ett annat stort hus med trädgård. Det skulle visa sig så småningom att denne var helkorrumperad och stoppade mycket av sjukhusets resurser i egen ficka. Okoko hade ett sjukdomsproblem själv. Han hade i Kongo blivit smittad av masksjukdomen LoaLoa. Det rör sig om en liten mask som bl.a. tar sig in i ögat och kan bli synlig när den passerar innanför hornhinnan. Han kände väl till behandlingen och visste att om man hade en massiv infektion och med läkemedel dödade alla maskerna på en gång så kunde man få en reaktion i kroppen som var mer livshotande än själva sjukdomen. Därför reste han några gånger till Kongo för specialistutbildning.

Hans frånvaro gjorde att ibland var jag ensam läkare under flera dagar men med hjälp av kunniga Medical Officers gick det bra. Dock inträffade många situationer då man var tvungen att improvisera. Plötsligt var allt gips stulet och för att behandla en benfraktur fick man spjäla med halspinnar av trä i rader omlindade med gummislang. Likaledes ställdes jag en gång ensam med en mycket stor blodig skada. En ung man hade hamnat under en vattencistern på tusen liter när den föll ner från en ställning. Hela hans bäcken och underrede blev krossat och det gällde att snabbt få stopp på blodflöde och öppen urinblåsa samt bensplitter innan jag kunde skicka honom vidare norrut till ett större sjukhus. Hur det gick för honom fick jag aldrig veta.

Dr Okoko återvände men flyttade så småningom till Lusaka för att enbart arbeta med gynekologi men också för att ge sina små söner en större möjlighet att gå i bra skolor för att sedan kunna gå vidare till en högre utbildning, vilket var en omöjlighet om han stannade kvar med familjen i Mpongwe. Egentligen samma problem som i Sverige där vi har svårt att rekrytera läkare till glesbygden av samma orsak. Att arbeta för Rotarys Läkarbank innebar att man delvis ersatte en afrikansk läkare för att denne skulle få tillfälle till vidareutbildning. Dr Okoko fick sådan bl.a. i Umeå om jag inte minns fel.

ONÖDIGA SJUKDOMAR

Kvinnor dog av aborter och förlossningskomplikationer. Men många män dog också alldeles i onödan. Längs stigarna, de många milen från avlägsna byar, gick män som var dödsdömda för att de inte kom fram i tid. Åkommor som är lättbehandlade i Sverige blev en dödsdom i Afrika. Det gällde till exempel godartad prostataförstoring och ljumskbråck. Prostatakörteln blir normalt större med ökad ålder och kan växa till så att den täpper till urinpassagen från blåsan. Om det blir totalstopp är det dels ett stort lidande, dels en fråga om att i tid få in en kateter som ger passage så att man senare kan operera. Männen på väg till sjukhuset kom inte fram i tid och därför tog njurarna obotlig skada. Samma sak gällde för inklämt ljumskbråck. Om man inte fick hjälp så blev det kallbrand i de åtsnörda mjukdelar som fastnat. Detta gav senare upphov till inflammation och infektion i buken och var inte behandlingsbart med de resurser som fanns.

Hur kan Afrikas ledare åse sin befolknings lidande av svält, brist på utbildning och outbyggd sjukvård, samtidigt som de glider fram i svarta limousiner och har privata lägenheter och palats i Paris och London? När Afrikas presidenter och kungar blir sjuka eller behöver behandling hamnar de alltid på de bästa europiska eller amerikanska sjukhusen, oberoende av vilken politisk åsikt eller religiös lära man tillber. Jag såg en stort uppslagen, frispråkig artikel med nidbild i en Nairobi-tidning som ställde frågan "Hur länge skall Europas arbetare behöva betala för afrikanska ledares lyxliv och svarta Mercedesbilar"? Artikeln skulle vara omöjlig i de flesta länderna söder om Medelhavet såsom Zambia, dock inte i Kenya. Visst betalar Europa och USA och möjligen också Kina en hel del, men den som betalar mest är den egna befolkningen med sitt lidande. Man kan skylla på kolonialismen och postkolonialismen men det är att göra det lätt för sig. När ett land inte kan ge sina undersåtar ett drägligt liv och sörja för deras välbefinnande och framtid, borde något internationellt "Riksrevisionsverk" träda in och ta över styret tills de skyldiga är avsatta och offren fått upprättelse. Sannolikt finns det redan något sådant tandlöst organ i FN men där behövs det skärpta direktiv från någon ny Inga-Britt Ahlenius!

Nu är det inte bara männen som är de drabbade. De är också förövarna. Längs de stora vägarna sprids HIV-infektion via lastbilschaufförer och prostituerade. Med en latent smitta åker man hem till sin familj och sedan är tragedin ett faktum.

Så började det men nu är det småbönderna som cyklar till marknaden för att sälja sina varor som blir epidemispridarna. I byn köper de remsor med små plastkuddar innehållande starksprit som gör att de tappar omdömet och förlustar sig. Hustrun blir förstås sedan smittad och likaså det barn hon skall föda. Hela barnaskaran blir så småningom föräldralös och får tas om hand av far- eller morföräldrar som saknar möjlighet till försörjning. I delar av Afrika finns ingen föräldrageneration kvar.

Tack och lov har det blivit bättre på senare år med möjlighet till billigare och mer effektiva läkemedel. Dock är det inte regeringarna som stått för förbättringarna utan medicinsk forskning, Bill Gates, med flera. De sjukas ledare har fortsatt att prioritera vapenköp och korruptionen har inte åtgärdats. Stackars mina gamla gubbar och unga kvinnor i Afrika! De har inte de ledare de förtjänar.

Vad beträffar barnen så har en klar förbättring inträtt med framförallt malariamedicinering och förbättrad nutrition. Världssvälten minskar och malariadödligheten avtar men allt detta hänger på en mycket skör tråd till följd av Coronapandemin som försämrat förutsättningarna för en positiv utveckling. Många vaccinationsprogram har kommit av sig när sjukvård och hälsovård prioriteras om. Angående malaria, som ännu inte går att vaccinera bort, har jag några av mina hemskaste minnen från min tjänstgöring, just med den sjukdomen, som i sin grymmaste form drabbar de små barnen. Jag satt med en krampande 5-åring i famnen. Hon hade hjärnmalaria. Hon skrek "Help me doctor!" tills hon dog i mina armar trots alla till buds stående läkemedel och åtgärder. Hon var dotter till en av mina arbetskamrater och bodde inne på missionsstationen. Hela natten efter hennes död hörde jag trummor och klagande sång, som inte upphörde förrän solen gick upp. Malariamyggan dansade till musiken och jag kunde inte låta bli att jämföra min verksamhet här i Afrika med att, i ett annat sammanhang, lugna svenska sommarturister i Småland angående kliande myggbett. Jag hade inte valt att arbeta i Afrika för att jag ville bli en Albert Schweitzer eller att göra en god gärning för de "stackars afrikanerna". Nej, jag hade gjort valet för att få perspektiv på vad jag gjorde hemma och för att få livsvisdom och lära nytt. Allt detta infriades och gav mycket mer tillbaka än vad jag kunde dela med mig av min kunskap och erfarenhet.

DR GUNNARS VÄRLD

Att vara påläst, skicklig och duktig är förstås bra men att också vara en "god doktor" är inget som är lätt att tillskansa sig. Det hade funnits en sådan i Mpongwe. Varhelst man vandrade eller cyklade, långt iväg eller nära, så kände alla Dr Gunnar och älskade honom. De förhörde sig om huruvida jag kände honom och om han kommit tillbaka till sjukhuset. Det handlade om Gunnar Holmgren, numera överläkare i infektionssjukdomar och tropikmedicin i Jönköping. Kanske har han hunnit bli pensionerad. Han växte upp på missionsstationen och bodde där i många år ihop med föräldrar och syskon. Skall man förstå hans uppväxt skall man läsa "Längta hem" av Hagerfors. Den handlar, liksom Gunnars liv, om lyckan att växa upp på en missionsstation och olyckan att behöva åka iväg på internat för missionärsbarn på ett helt annat ställe i Afrika. Gunnars lämnade sin barn- och ungdomsmiljö för att studera medicin i Sverige för att sedan få uppleva lyckan att få återvända som doktor. Han hade verkligen satt djupa spår i rollen som en "god doktor". Han var inte i Mpongwe när jag var där men jag hade haft förmånen att träffa honom under en tropikmedicinkurs i Jönköping några år tidigare.

Gunnars bror Henry, som liksom pappan var pastor, bodde kvar i ett hus inte långt från gästhuset där jag bodde. Han hade gift sig på gamla dar med en något yngre djupt troende kvinna från Sydafrika. Han gjorde bara korta besök i Sverige. Detta hade inte satt några språkliga spår av "nysvenska" utan han talade någon sorts "gammelsvenska" på dalmål. Det var hans mammas dialekt och den var han uppfödd med och den behöll han. Svenska språket i förskingringen behåller sin särart utan att bli påverkat av moderna influenser.

Varje morgon hade vi ett kort möte på sjukhuset i en samlingslokal som kallades biblioteket, men saknade böcker. Man avlade natt- och beläggningsrapport liksom vi gör i Sverige. En dag i veckan var mötet lite längre. Då blev de som kom i tid bjudna på någon frukt, vilket hjälpte upp närvaron lite grand. Man höll då någon form av fortbildning för personalen. Jag försökte vid ett par tillfällen att förmedla mina kunskaper i diabetes, högt blodtryck och hjärtsvikt, som var mina huvudsakliga mottagningsdiagnoser hemma. Ett visst välstånd hade ju också inträtt i Afrika, i alla fall för en del av befolkningen, och därför började också våra vällevnadssjukdomar att dyka upp. Man tog det med stort allvar men kunskapen om förebyggande behandling och terapi var inte så djupt inpräntat hos personalen.

En del tropiska sjukdomar kan ge hjärtmuskelpåverkan som senare följs av hjärtsvikt, så allt var inte nytt. För att förhindra utvecklandet av våra sjukdomar var nog basfödan ganska skonsam. Majs, frukt, grönsaker och ett och annat ägg eller en fet larv om man var fattig och höll sig till det. Kött och fläsk åt man nästan inte alls, möjligen kyckling eller en bit av en get vid högtidligare tillfällen. De välbärgade tog tyvärr till sig av Coca Cola, öl och chips. Någon sjukhusmat fanns egentligen inte. Möjligen te och majsgröt till dem som ej hade anhöriga. Annars var det närmaste släkten som fick förse den sjuke med mat från den intilliggande marknaden. Personalen gick hem till sig för att äta mitt på dagen.

Angela var vår hemhjälp i gästhuset men även på ett par andra ställen. Hon kallades "maid" på kolonialspråk. Hon lagade min lunch och städade och tvättade. Hon hade det härliga afrikanska sättet att låta tiden gå. Efter att ha tvättat hängde hon upp de rena klädesplaggen på en tvättlina i solen. Sedan satte hon sig på marken och tittade på tvätten tills den var torr. Hon fyllde PET-flaskor med vatten från kranen och lade upp dem i solen på vasstaket och efter ett dygn var vattnet fritt från bakterier, amöbor och eventuella maskar eller andra tropiska kryp. Det verkade fungera bra. Jag var inte sjuk i någon magsjuka någonsin i Afrika, vad jag kan minnas. Angela älskade att sy. Framför allt sydde hon kläder till sig själv och såg ut som balens drottning varje dag hon dök upp. Hon hade alltid en afrikansk klut, konstfullt snodd kring huvudet. Den var av samma tyg som klänningen som ofta hade puffärmar som såg opraktiska ut vid matlagningen. Jag lovade henne en symaskin nästa gång jag kom till Mpongwe och det fick hon två år senare. Då hade hon fått ihop det med en skräddare på marknaden och vad jag förstod så tog han hand om symaskinen men inte om Angela.

På marknaden såldes mestadels inhemska färgsprakande afrikanska tyger och kläder. Dessa tillverkades ofta på plats för att de flesta sömmerskorna inte hade elektricitet hemma. Ibland förekom det västerländska kläder och T-shirts till försäljning, sannolikt från någon välmenande insamling i Sverige eller något annat rikt land. Dessa gåvor förringade det närproducerade och gjorde att kvinnorna fick färre intäkter av sitt arbete. Således missriktad U-hjälp. Det var också fallet med majsmjöl, matlagningsolja och konserver som skänkts av någon indisk givare. Detta försatte marknadsekonomin ur spel och bonden kunde inte sälja sitt överskott. Väntjänster kan bli björntjänster. Säkert var det välment och sannolikt bra för några familjer men inget som löste Afrikas problem.

NYA OCH GAMLA KOLONIALMAKTER

Hur gör då kineserna med sin nykolonialism? De bygger vägar, hamnar, flygplatser och antenner för teletrafik. De senare sköt upp som svampar ur jorden och många unga var försedda med en mobiltelefon. Världen hade öppnats och med det drömmar och förhoppningar men också frustration över att inte kunna nå allt det som erbjuds. Våldsamheter hör sannolikt framtiden till om inte den uppväxande generationen kan ta sig ur fattigdoms-fällan. Utbildning är det enda som kan hejda framtida krig och terror och flyktingvågor till Europa.

Kineserna håller sig för sig själva, beblandar sig inte med lokalbefolkningen och lär sig inte deras språk eller kultur. Det de gör är säkert bra för kontinenten men sannolikt ännu bättre på sikt för Kina. Målsättningen var ju densamma för engelska, franska, holländska och belgiska kolonialister och resultatet kan ju knappast bli sämre. Det är främst egennyttan som styr. Ett mobilföretag med logga i rött och turkos hade erbjudit målarfärg till byarna i sin marknadsföring. Därför finns det byar helt i oxblodsrött och medelhavsturkost längs vägarna i Zambia och i fattiga kvarter i städerna Luanshya och Ndola. Kanske inte så skilt från Falu Rödfärgs färgläggning av 1800-talets grå stugor i Sverige!?

En eftermiddag cyklade jag österut för att hälsa på en snickare som på beställning gjort ett bord för utomhusfrukost. Han gjorde fantastiska möbler i grovhugget virke med zebra- eller hyena-mönster, alltså randigt och prickigt. Något leopard-mönstrat skåp hade han också fått ihop. Hans handikapp och arbets-begränsning bestod i att han inte kunde hålla sig nykter. Med detta följde att benen på bordet var olika långa och att färgen smetade av sig. Han gjorde också stolar i naturligt "böjträ" av virke från buskar och sly. De hade absolut kunnat få någon utmärkelse på en dansk möbelmässa eller designa utställning om de hade hamnat där. Tyvärr var möblerna omöjliga att ta hem om man inte körde landvägen.

Åt öster, många mil bort, låg järnvägsknuten där tåget gick på tvären över kontinenten till Dar-el-Salaam i Tanzania. Den järnvägen var en del av den tänkta brittiska Kap-Kairo-linjen som Cecil Rhodes hade drömt om att förverkliga. Den skulle binda samman alla brittiska besittningar i Östafrika; Egypten och Sudan med det som senare blev Rhodesia och Sydafrika. Järnvägen går genom flera mycket viltrika nationalparker i Zambia och Tanzania och tar flera dagar att avverka under sannolikt strapatsrika former. En del kineser kom den vägen vad jag förstått av befolkningens berättelser. Kineserna bor för sig själva i muromgärdade bosättningar, arbetar hårt och dricker inte alkohol och har inget afrikanskt tjänstefolk. De är kanske en lycka för Afrika men kan säkert också bli ett herrefolk. Att cykla, det är friheten för både mig och de afrikaner som har råd med en cykel. De kunde transportera det mesta på pakethållaren och det kunde korta avstånden. För mig var det ett sätt att komma närmare befolkning och natur. Ofta kunde jag få vinddrag i håret när jag inte hade en mjuk Indiana Jones-hatt på huvudet. Således ingen tropikhjälm, som genom historien har märkt ut den vite mannen i Afrika. Hur kom den till? Den kan ha varit bra mot nedfallande kokosnötter och andra angrepp från luften, till exempel solen, men förövrigt förefaller den mera ha varit en statussymbol och ett förtryckarattribut än en tropikutrustning. Den belgiske kungen Leopold II, som hade styrt på den andra sidan av gränsen i före detta Belgiska Kongo, finns avbildad med tropikhjälm men det är tveksamt om han någonsin tog sig ut i bushen? Han ägde detta jätteland privat och förde där ett skräckvälde i samma klass som Hitler och Stalin på vår kontinent. Arbetarna i gummiplantager och i skogen fick sina händer eller fingrar avhuggna om de inte uppfyllde kvoten på insamlad gummimassa eller i övrigt inte lät sig bli piskade till tvångsarbetet. Dock är de flesta kvar och på de sjukhus i Afrika där jag har arbetat. Slavhandeln blomstrade också. Förmodligen var det inte bättre här på den före detta brittiska sidan. Många tusen dog i gruvorna och fick arbeta där tills de dog utan att åter ha sett dagsljuset. Den amerikanske författaren James Michener har beskrivit detta i sin bok om Sydafrika; "Frihetens sjö". Hur har vi européer kunnat njuta av vårt välstånd utan att ha betalt räkningarna för vår rikedom? Dessutom har vi hjälpt amerikaner, araber och perser att hämta slavar i Afrika. Från den del av kontinenten där jag cyklade omkring förde man slavar västerut till utskeppningshamnar nära Kongoflodens mynning eller österut till Zanzibar för vidare transport till Arabien och Persien. Det är ättlingar till dem som fortfarande utsätts för oförrätter i Amerika, Europa och Mellanöstern, men det är också de som numera delvis styr politiskt och kulturellt i slavägarstaterna. De har också fått en stor plats inom vetenskap och forskning.

Tyvärr dräneras Afrika på många av sina begåvningar som flyttar till rika industriländer där de får bättre lön och bättre möjlighet till yrkeskarriärer. Dock, de flesta är kvar och de, på de sjukhus i Afrika där jag arbetat, finns fantastiskt skickliga, duktiga och trevliga medarbetare. Måtte de ha möjlighet att stanna kvar där de behövs som bäst.

Jag hade många vänner på sjukhuset och i omgivningarna att ta adjö av innan jag skulle fara hem. Nu hade jag inga svårigheter att känna igen folk och veta vem som var vem. Det hade varit knepigt i början. Alla var ju så lika! Precis som vi skandinaver är lika varandra är förstås afrikaner från samma land eller folkslag också svåra att skilja åt utseendemässigt. Efter första veckan när jag trodde mig vara säker på utseendet dök det plötsligt upp något nytt och okänt. Det var någon som helt bytt klädsel eller frisyr. Kvinnorna i denna del av Afrika har nästan inget hår alls och därför nästan alltid inflätat konsthår eller peruk, oftast svart men kan också vara kopparfärgad. Jag hade dessutom en känsla av att de bytte peruk med varandra bara för att få ett gott skratt när jag såg helt förvirrad ut. Alla dessa skulle jag nu ta avsked från men både de och jag var ganska övertygade om att vi skulle ses igen. Och så blev de i de flesta fall.

En av mina sista dagar i Mpongwe cyklade jag mot söder på en grusväg. I utkanten av byn fanns det gott om små skjul längs vägen med skyltning och text som förde tankarna till världens lite större och mer kända metropoler. Där fanns till exempel

"Big Shop of Mobil", " Lady Hairdresser", "New York Café", "Beauty Institute" och "Vouge". Dessutom fanns byns bordell med sina pärldraperier, intill postkontoret. Den hade även en "rastgård" för de prostituerade. I anslutning till verksamheten fanns också en ölbar och en shop där man kunde köpa de små plastkuddarna med alkohol som skulle stärka modet hos kunderna. Det fanns en kvinna där som sannolikt var någons sorts bordellmamma. Till henne gav jag alla kondomer som jag hade medfört från Sverige. Förmodligen delade hon inte ut dem gratis som var min avsikt.

Jag cyklade vidare bland folk, höns och getter. Ett oändligt sojabönfält bredde ut sig mot väster och gav onda aningar samtidigt som det vittnade om den goda jordmånen som i mycket liten utsträckning brukas i Zambia! Landet har enorma rikedomar i jordarter och mineraler som till mycket stor del är outnyttjade. Ett mycket rikt land som lider av fattigdom. Det som ännu är exploaterat är i händerna på andra än zambier. Koppargruvorna ägs av internationella företag som troligen ger ganska liten utdelning till den zambiska statskassan? Man kan vidare undra vem som betalar skatt i landet? Utan inkomster blir det ingen skola eller sjukvård. Trots allt utvecklas Afrika med en tillväxt på mer än 10 % per år. Således händer det saker som gör att man trots allt kan vara optimistisk.

Jag for vidare, förbi ett tegelbruk där man för hand lade lera i formar, brände och sålde de färdiga tegelstenarna. Detta är bra för byarna men knappast något att bygga täta hus eller skyskrapor och framtiden med.

Jag kom så småningom fram till en vägkrök som blev en vändpunkt två år senare. Då cyklade Elisabeth och jag dit och det var där livet vände. Min älskade fick där de första symptomen på ALS. Höger fot ville inte fungera. Längre söderut än så kom hon aldrig och livets begränsning och slut uppenbarade sig där vid vägen söderut i den afrikanska bushen. Det var lång tid och rum från felkörningen i Sjöbo 1967.

Elisabeth finns dock kvar därnere i Afrika. 2010, när vi var där tillsammans, gjorde hon ett textilt konstverk föreställande missionsstationen med alla husen, kyrkan och sjukhuset efter en av mina akvareller från 2008. Denna bonad finns fortfarande att beskåda på plats i biblioteket.

- o -

PÅ VÄG

IV

Genom Europa
med Jean Paul och Covid
2020

Till Jean Paul

BARCELONA

Våren 2020; Coronapandemin Covid 19 lamslår Europa, splittrar unionen, framkallar nationalistiska stämningar med stängda gränser samt framkallar ett stort lidande med många avlidna i den nya virussjukdomen. Förutom att ekonomierna rasar så krackelerar hela den solidariska europatanken. Man stänger ute och stänger inne varandra. Man tävlar i statistik som på tidningarnas sportsidor och man dömer ut varandras strategier. Man blir tagen på sängen av något som man kunnat förutse och panikåtgärder vidtags istället för gemensamma genomtänkta riktlinjer för att mobilisera människorna och samhället för en hållbar aktionsplan.

Jag sitter på en takaltan i Barcelona och skriver och njuter av vårsol i mars och april. Uppifrån ser staden ut som vanligt med måsar och duvor. Det är tystare än vad man är van vid bortsett från ambulanssirenerna. Det hörs inga tut från kryssningsfartyg och inget buller från inkommande flygplan. Gatorna jag ser ner på är nästan tomma och kaféer och restauranter har stängt. En och annan surrealistisk figur med hund passerar. Jag får samma känsla som när jag 1977 åkte helikopter som FN-doktor på Cypern medan det var jordbävning nedanför. Från ovan har man dålig kontakt med verkligheten. Så också nu på min takaltan i Barcelona med staden, havet och bergen omkring mig i ett 360 graders panorama. Och nedanför pandemins epicentrum.

Jean Paul, min gode franske konstnärsvän, bor några kvarter bort i Barceloneta. Stadsdelen är som en halvö mellan havsstränderna och gästhamnen med sina yachter och segelbåtar.

Vi höll på att packa in i min lilla bil, en WV Up, för att köra till Sverige genom ett nedstängt Europa. Vi var i fin form. Något nattsudd hade inte förekommit. Harlem Jazzclub var stängd, Obama Café var igenbommat på kvällen, disco Jambore' hade tystnat och de lokala barerna var inte öppna. Måla och skriva var det som gällde. Man fick inte gå ut på stranden. Man fick inte gå eller jogga längs strandpromenaden annat än på väg till livsmedelsaffär eller för att gå ut med hunden. Dessutom fick man inte gå nära varandra om man inte tillhörde samma hushåll.

JP och jag hade bestämt att vi var ett sådant hushåll men det ifrågasattes av poliser och ordningsvakter. Vi fick gå efter varandra med några meters distans och ha munskydd på för att inte dra till oss uppmärksamhet.

När jag satt i solen på takaltanen några dagar tidigare kom en halvung man upp från det sex våningar djupa trapphuset och vände på terrassen och sprang ner igen. Så fortsatte han ett tag tills vi fick kontakt. Han bodde längst ner i huset och tränade nu för Stockholm Maraton som aldrig blev av. Han hette Vincent, precis som vinodlarnas skyddshelgon, och var stor älskare av gott vin. Vid nästa vända tog han med sig en flaska och två vackra glas. I den klarsyn som då uppenbarade sig, såg vi aktiviteter på andra takterrasser; någon sprang fram och tillbaka, någon gjorde armhävningar, någon ägnade sig åt boxning och ett par såg ut som om de älskade på en solstol.

Vi lastade in i bilen. Tavlor till konstutställning i Västervik, bokhyllor till min lägenhet i Perpignan, möbler, mattor, lampor och böcker. Således flyttlass i en liten bil så det mesta stack ut genom fönster och baklucka, fastsurrat med rep och stroppar. Vin skulle lastas in i Frankrike men resväskor och annat pick och pack stuvades också in. Den ende åskådaren till kånkandet och lastandet var killen i tidningskiosken på stora restaurantgatan Joan Borbo. För övrigt var det tomt; Lorenzo hade stängt sin restaurant, italienarna på Café Borbo hade slagit igen och varken kubanen Pavel eller Dimitri eller Jacobo syntes till. Pakistanaren Jimmy var inte heller där men Covid fanns sannolikt på plats. Vi tog Ronda Litoral ut ur stan. Vi var i stort sett ensamma på denna motorvägs-genomfart. Jag hade ett formulär från polisen angående vår avfärd. Jag hade själv fyllt i uppgifterna och själv signerat men med en stämpel från gendarmeriet eller Guardia Civil skulle det nog duga! Det var spärr vid betalstället vid anslutningen till den större motorvägen norr om Barcelona. Munskyddet på, veva ner rutan och visa diverse papper angående flytt till Perpignan, jordbruksarbete på min vin- och olivodling, intyg från vinkooperativet, intyg från sjukvårdsinrättningar i Sverige angående behovet för mig att åka hem, samt pass och papper på att jag ägde bilen mm. Polispatrullen med k-pist och kravallutrustning var inte så intresserade av min noga förberedda dokumentation. Deras intresse koncentrerade sig till om huruvida all packning var fastbunden ordentligt eller om vi skulle tappa allt bohaget på "autopista"! Vi blev så småningom genomsläppta med vänliga tillrop och körde norrut i stort sett utan medtrafikanter. En del skyltar längs vägen uppmanade bilisterna att hålla avstånd men det var riktat till trafikanter under tider med tät trafik och inte till figurer som skulle hålla Coronaavstånd! Vi hade en ganska stor klistrad EU-dekal på bilen. Det kändes väldigt bra att markera att man var del av den europeiska gemenskapen även om det för tillfället var dåligt med den saken.

Illustration - Jean Paul Pallard

FRANKRIKE

Vi närmade oss spansk-franska gränsen där det normalt kunde vara långa köer mest på grund av kontroller angående narkotika eller terrorism. Nu var det helt tomt och vi blev vinkade igenom ut ur Spanien med min spanskregistrerade bil. De var väl glada att bli av med någon. Den franska polisen på andra sidan såg strängare ut och var rejält beväpnad med skjutvapen och morska blickar; spansk bil, en svensk och en fransman med flyttlass på väg till Sverige, var inte helt okomplicerat. Dock lyste deras ansikten upp när jag visade intyget på att jag var vinodlare i Roussillon och tillhörde ett bykooperativ och upplyste dem om att jag nu måste ta hand om vinstockarna och olivträden och arbeta med den första besprutningen av vinrankorna som blivit några decimeter långa och börjat blomma och därför behövde skydd mot mjöldagg och svartsot. Detta var ett giltigt skäl till att passera gränsen även om man skulle medföra coronavirus. Orsakerna till spärrar och kontroller var minst sagt oklara med tanke på att smittspridningen var lika stor på båda sidorna av Pyrenéerna. Nationalism hade ersatt det sunda förnuftet och med argumentation kom man för det mesta ingenstans. Istället fick man satsa på ett "vinnande sätt" och ett visst psykopatbeteende och visa samhörighet. Eftersom alla i denna del av Frankrike har någon relation till vin och vinodling så var det en dörröppnare eller snarare en gränsöppnare som var av större betydelse än alla papper och intyg.

Vi lastade ur i Perpignan och fyllde senare på med vinlådor istället för möbler. Dessutom skulle olivolja i 5-liters dunkar från höstens skörd packas in. Innan dess skulle vi skaffa blanketter för "attestation". Det var ett papper som skulle fyllas i varje gång man lämnade bostaden. Om det inte gällde mitt arbete i vinfältet, så fick man bara gå ut en timme per dag och inte längre bort än en km från hemmet!

Anledningen till promenaden skulle anges liksom klockslag. Om man blev kontrollerad av polis utan rätt ifylld blankett eller var på fel plats vid fel tidpunkt, så blev det böter på cirka 150 euro! Vi fastnade aldrig i någon sådan knipa men hela situationen gav en obehaglig känsla av polisstat och godtycke.

Vinstockarna blev sprutade och jag kunde konstatera att det förmodligen skulle bli ett "skitår" även vad beträffar vindruvor och oliver. Och så blev det!! Sprutning nummer två i juni blev aldrig av på grund av reserestriktioner i pandemins spår. Den biologiska mångfalden i mina odlingar var som en Renoir-målning med rosa vallmo, gula prästkragar, blå pärlhyacinter och silverglänsande olivträd. Skönheten överskuggade det klena skörderesultatet under det alldeles speciella året 2020.

Vi drog norrut i min lilla WV Up med små hjul och nästan obefintlig bensinförbrukning. Nu kluckade det hemtrevligt från vinkartongerna och Jacques Brel i bilradion gjorde att vi kände oss som i en egen bubbla mitt i Europa vid undantagstillstånd. Ingen störde oss längs motorvägen norrut. Vi var nästan den enda personbilen men enstaka lastbilar var liksom vi på väg.

Vi hade medhavd matsäck som intogs i gröngräset omgivna av nästan ren luft och akacior med klasar av vita blommor. Vinodlingarna med biologisk enfald på grund av Roundup såg mycket välskötta ut längs Rhône, i Jura och i Alsace. Förmodligen gav dessa vingårdar bättre skörd än min måleriska åker! Det är ju vägen och inte målet som räknas i vissa sammanhang. Dock inte för oss som närmade oss den fransk-tyska gränsen vid Rhen. Denna linje har varit föremål för mer krig och blodspillan än något annat landskap i Europa. EU har gjort gränsen till en betydelselös trafikskylt vid vägen mellan två vänner på vår gemensamma kontinent. Hur skulle det se ut nu? Vi började sortera våra dokument och var redo att passera in i Tyskland före skymningen.

FRANSK-TYSKA GRÄNSEN

Jag hade tagit reda på hur läget med pandemirestriktioner var där på andra sidan Rhen. Alla värdshus och hotell var stängda och vid transit fick man inte bo över eller ta in på restauranter. På grund av detta hade jag ringt till Hotel Engel i Endingen am Kaiserstuhl, där jag bott tidigare, och förhört mig om möjligheten att ta in där. Stället drevs av en invandrare, möjligen kurd, som tidigare bott i Kalix i 10 år och därför talade bra svenska. Han hade bytt ut sin svenska kvinna mot en "gretchen-typ" med egen restaurant och hotell där han nu var patron!

Han hade lovat mig att släppa in oss bakvägen och servera en wiener-schnitzel när vi anlänt. Men först måste vi passera gränsen strax öster om Mulhouse. Där var det totalstopp! Gränsbom och sicksack koner och manliga och kvinnliga gränspoliser med k-pist och batong. Vi blev stannade av en välbyggd kvinna i kravalluniform. Hon tittade på bilen, på oss och på passen och kom raskt fram till att Jean Paul måste gå ur bilen och "gå hem" till sig medan jag som var på hemväg till Sverige fick fortsätta genom Tyskland utan att stanna för att så snart som möjligt nå färjan vid Travemünde. Dit var det åttio svenska mil. Jean Paul som var fransman hade inte i Tyskland att göra menade hon bestämt! Alla våra argument på tyska, franska och engelska hjälpte inte. Inte heller de papper vi visade upp! Hon verkade inte gilla oss.... Vi gjorde en U-sväng och insåg att vi inte skulle kunna nå fram till vårt tänkta natthärbärge.

Vi tog oss på småvägar norrut i Alsace för att försöka vid gränsövergången vid Breisach nära Colmar. Där var det stängt. Ingen passage tillåten för transitresenärer och ännu mindre för en fransman på utfärd till Sverige för att ha konstutställning. Vi blev upplysta om att vi kunde försöka via Strasbourg tio mil mot norr eller upp mot Karlsruhe vid Rastadt. Mörkret sänkte sig och vid Strasbourg kom man inte igenom, så det återstod att försöka ytterligare norrut. Vi ändrade taktik; jag försökte se klen ut och uppgav att Jean Paul var min assistent och co-driver hem till Sverige, vilket ju var alldeles riktigt. Vid gränsen stod en bred vältränad rödlätt ung man beväpnad med både skjutvapen och ett vänligt leende. Efter några minuter och inspektion vinkade han igenom oss. En lättnandes suck undslapp oss. Så skönt! Vi behövde inte sätta JP på tåg tillbaka till Perpignan. Den utfärden fick han göra en månad senare då han fastnade i Frankfurt efter att ha blivit avvisad vid passkontrollen på Barcelona Airport på hemvägen från Sverige, men det är en annan historia.

TYSKLAND

Nu körde vi mot Rastadt ett par mil in i Tyskland. Därifrån kom en bortgången god vän till JP. Han hette Daniel Hervio. Ett sådant sammanträffande! Vi tog oss in i staden och frågade ett par figurer på huvudgatan angående restaurant och övernattning! Vi upplystes om att allt var stängt och att mat serverades endast vid lunchtid för dem som arbetade. Jag gick in i något som såg ut som ett övergivet café. Där fanns en vänlig man som sade att han nog hade en lösning på vårt problem om vi följde efter honom till Franco. Lite tveksamt föreföll förslaget men vi hade inte så mycket val.

Efter en del snirklande i gatorna med blicken fäst på ledarbilens röda baklyktor, nådde vi fram till ett stort vackert hus som såg ut som ett typiskt tyskt värdshus. På den välkomnande fasaden stod med stor text "Da Franco". Det var en hotell- och restaurant-verksamhet utan gäster i coronatider. Franco var stor och fet och jovialisk och kom från Neapel och visade sig följdriktigt ha goda förbindelser med polisen, varför han kunde släppa in oss och ordna middag och övernattning. Härligt!! Det blev ett lyxigt hotellrum och middag med förrätt, huvudrätt och dessert samt en flaska mycket gott vin och därefter rikligt med grappa som huset bjöd på. Franco satt i ett hörn och rökte cigarr och såg ut som en riskpatient för Covid-19. Ett par söner skötte köket men deltog i den livliga konversationen huvudsakligen på franska. Vi var de enda gästerna förstås. Vi fick en grundlig genomgång av vin-källare och vinskattkammare med fantastiska läckerheter och årgångar inte minst av Brunello och Montalcinoviner. Dessutom mycket med medaljer och diplom från framstående producenter och vinauktoriteter! Hur det gick med middagen hos vår vän från Kalix 20 mil söderut vet vi inte men förmodligen var Franco en viss uppgradering. Frukost fick vi också och provianterade där för lunchen längs autobahn. Vi lovade att återkomma samt att rekommendera stället till våra vänner!

Motorvägen upp genom Tyskland var nästan ödslig. Turisterna var borta, tyskarna höll sig hemma och lastbilarna främst från Östeuropa var inte störande. Vi såg inga polispatruller, solen sken och vårgrönskan och blommande fruktträd blev till en autobahnidyll. När upplevde man senast en sådan? Det kändes inte som i Pestens Tid eller Europas sönderfall, där vi sportade fram i den lilla WV UP fylld med vin och olivolja och färgstarka surrealistiska målningar.

Vi körde av motorvägen. Tog en sväng in mot det som förr låg nära det forna Östtyskland. På en äng omgivna av körsbärsblommor, nära en stig med glada tyska cyklister, slog vi oss ner och dukade upp medhavd picknick från Frankrike och frukosten. Jag tror att vi till och med hade en öppnad vinflaska. Vi var i god tid och hade räknat med att kunna vila i gröngräset innan vi skulle köra vidare. Färjan skulle ju inte avgå från Travemünde förrän kl. 22:00. Vi njöt och brydde oss inte om en stor skylt en bit bort. Den läste vi på när vi efter siestan skulle gå tillbaka till bilen. På skylten stod:

ACHTUNG ACHTUNG.

AFRIKANISCHE SCHWEINEPEST!

Huruvida våra spanska Coronamunskydd hjälpte mot detta vet vi inte? De var i alla fall snygga i FC Barcelonas färger!

Resten av resan " PÅ VÄG GENOM EUROPA " blev inte så dramatisk. På färjan var det bara min lilla bil samt några lastbilar. Gränskontrollen i Trelleborg var inga problem. Både Jean Paul och jag var välkomna till detta fria land utan restriktioner eller ansiktsmasker. Här gällde solidaritet och frivillighet och ansvar än så länge. Det kändes bra.

Vi passerade Sjöbo utan att köra fel och intog pizza i en gul-blåfärgad kioskliknande restaurant norr om Karlskrona. Europadekalen på bilen höll på att lossna - men vi klistrade fast den!

- o -

PÅ VÄG

V

Eftertanke

Ungdomligt mod och äventyrslusta

Oändliga avstånd

Gränslöst

Fri rörlighet

Solidaritet och ansvar

Långt bort och nära

Hur länge får vi ha det så? Var 1962 till 2020, nästan 60 år av frihet, en parantes som aldrig återkommer? Var det ett öppet fönster i ett annars slutet rum?

Min generation i hela sin bredd, om man nu bor i Europa och framför allt i Sverige, är nog den mest privilegierade i världshistorien. Ingenting har egentligen varit svårt. Dörrarna och fönstren mot världen har stått vidöppna. Den som vågat och haft möjlighet och lust har inte haft några hinder i vägen. Så har jag känt och så har jag försökt förhålla mig till min omvärld.

Synd om dem som stängt sina dörrar och känt rädsla för det som funnits att upptäcka utanför stugknuten och borta vid horisonten. Om nu livet är ändligt, varför då begränsa det ytterligare om man har möjlighet att vara PÅ VÄG.

Jag förstår att jag haft alla förmåner och möjligheter att göra min resa. Jag har också tagit tillvara på det som serverats och det som jag valt själv. Någon skam känner jag inte och heller inte någon ånger. Eftertankens bleka krankhet kan andra analysera. Jag känner endast en stor tacksamhet och förnöjsamhet. Jag har trott på livet och blivit bönhörd.

- Hade jag inte liftat till Paris så hade jag sannolikt ej blivit frankofil och tillbringat en stor del av livet bland druvor och oliver i Frankrike.

- Hade jag inte korsat Europa och Asien med Elisabeth hade hon nog varit svår att fånga och gifta sig med, och därmed är det tveksamt om mina fantastiska barn skulle ha funnits. För att inte tala om de rara barnbarnen.

- Om jag inte åkt till Afrika så skulle min yrkesstolthet ha lidit skada och jag skulle aldrig ha lärt mig att attackera och hantera livsavgörande sjukdomar.

- Om jag inte tagit mig igenom Europa och Covid-pandemin skulle jag inte fått kraft och inspiration till att nedteckna mina minnen och erfarenheter.

- Om jag inte skrivit denna eftertanke så hade jag inte förstått vad livet har givit mig.

- o -

PÅ VÄG
VI

Framtiden

Tack till

min familj,
framtiden!

min franske vän
Jean Paul
för konstnärligt och vänskapligt stöd,
utan att kunna förstå svenska!

min redaktör och producent
Ewa Grönwall
för uppmuntrande tillrop och digitalt hantverk!